지문은
간어시켜
낳고 있어.

시 놓는
아니에,

独女日記(藤堂志津子著)

DOKUJO NIKKI

Copyright © 2011 by Todo Shizuko

Original Japanese edition publidhed by Gentosha, Inc., Tokyo, Japan

Korean edition is published by arrangement with Gentosha, Inc.

through Discover 21 INC., Tokyo AND BC Agency, Seoul.

견생 전반전 하나와
인생 후반전 도도 씨의 괜찮은 일상

저 독신 아니에요,
지금은 강아지랑 살고 있어요

초판 1쇄 인쇄 2018년 10월 10일
초판 1쇄 발행 2018년 10월 22일

지은이 도도 시즈코
옮긴이 김수현

책임편집 김소영
홍보기획 문수정
디자인 신묘정

펴낸이 최현준·김소영
펴낸곳 빌리버튼
출판등록 제 2016-000166호
주소 서울시 마포구 양화로 15안길 3 201호(윤현빌딩)
전화 02-338-9271 | **팩스** 02-338-9272
메일 contents@billybutton.co.kr

ISBN 979-11-88545-31-5 03830

이 도서의 국립중앙도서관 출판예정도서목록(CIP)은 서지정보유통지원시스템 홈페이지(http://seoji.nl.go.kr)와
국가자료공동목록시스템(http://www.nl.go.kr/kolisnet)에서 이용하실 수 있습니다.(CIP제어번호:CIP2018031451)

견생 전반전 하나와
인생 후반전 도도 씨의
괜찮은 일상

도도 시즈코 지음
김수현 옮김

저 독신
아니에요,

지금은
강아지랑
살고 있어요.

빌 billy button 튼

편

농

그이미

부

올봄 나는 예순한 살, 하나는 한 살이 되었다. '하나'는 암컷 요크셔테리어다. 15년간 함께 살며 나를 지탱해준 요크셔테리어 '리키'가 저세상으로 떠난 지 두 달 되던 날, 하나가 나에게 왔다.

환갑을 넘긴 내 나이 따위는 축하할 일도 뭣도 아니지만, 하나가 무사히 한 살을 맞이한 건 정말 기쁘다. 하나는 잘 먹고 충분히 움직이지만 아침에는 언제나 나보다 늦게 일어나는 늦잠형 강아지다. 물론 아주 건강하다. 최근 1년 동안 하나가 펫클리닉 신세를 진 건 예방주사 맞을 때와 중성화

수술을 받을 때뿐이었다. 건강한 건 정말 기쁜 일이다. 죽은 리키는 태어났을 때부터 입이 짧았고, 작은 일에도 끙끙거리는 소심한 성격의 수컷이었다. 그 허약함은 그 나름대로 좋았고 귀여웠지만, 걱정과 불안감 그리고 이유를 알 수 없는 부담감이 언제나 나에게 들러붙어 있었다.

하나에게는 그런 게 전혀 없다. 공포심과 수치심이 거의 없는 성격으로, 하나를 지탱하는 가장 큰 힘은 호기심이다. 무엇에든 고개를 들이민다. 두 귀를 안테나처럼 쫑긋 세우고 좌우로 재빨리 움직이며 바로 정탐을 위해 달려나간다. 하나의 이런 성격을 지인에게 말했더니 상대가 말했다.

"어머, 도도 선생님과 똑같네요."

"설마, 그럴 리가……"

이렇게 되받아쳤지만, 생각해보니 정말 나랑 비슷한 것 같아 다음 말을 잇지 못했다.

나의 호기심은 지나칠 정도로 왕성하다. 일단 궁금한 게 생기면 눈이 반짝반짝 빛나기 때문에 주위 사람들은 아, 재미있는 걸 발견했구나, 하고 금세 눈치를 챈다. 곤란한 점은 눈이 반짝거리지 말아야 할, 다시 말해 호기심을 좀 죽여야 할 장소(예를 들어 장례식장 같은 곳)에서도 차마 숨기지 못하고 눈을 반짝거린다는 것이다. 돌아가신 분에 대한 슬픔과 상실감으로 눈물이 멈추지 않는 내가 있는 한편, 비애에 젖은 그 장소에서도 신기한 물건이나 재미있는 사람, 흥미로운 광경을 발견해내는 내가 있다. 그리고 그 순간, 눈물을 주르륵 흘리면서도 반짝반짝 눈을 빛내고 만다. 마치 순식간에 모습을 바꾸는 고양이처럼.

그래서 최근에는 그런 장소에 가면 무조건 눈을 내리뜨자고 다짐한다. 그 누구와도 눈을 마주치지 않으려고 한다. 요 몇 년간 콘택트렌즈 대신 안경을 쓴 것도 불필요한 눈의 반짝거림을 조금이라도 덜 보이기 위해서다. 하지만 안경은 그다지 효과가 없는 듯하다. 항상 함께 참석한 사람들에게 들켜버리고 만다.

젊은 시절에는 이런 눈의 반짝임이, 특히 남성들에게 오해를 불러일으켜 곤란한 상황에 처하곤 했다. 젊은 여자가 눈을 반짝이며 어떤 남성을 바라본다, 라고 하면 거기엔 오해의 싹이 움트는 게 당연하다. 나한테 관심이 있나보다, 하고 남성은 착각을 한다. 그러나 내가 그를 주시하는 건 점점 줄어드는 머리숱, 그것을 감추기 위해 그가 쓰는 방법을 관찰 중이기 때문이다. 아니면 그가 매고 있는 넥타이의 취향이 거슬려 정이 뚝 떨어졌거나. 아무튼, 확실히 나쁜 건 나다. 하지만 젊은 시절의 나는 내 마음에 일어나는 호기심이 그 정도로 남들 눈에 띄는지 자각하지 못했다. 말해주는 사람도 없었다.

예순한 살이 된 지금은 그 점에 대해서는 정말이지 편해졌다. 지하철 안에서 대단히 신기한 남성을 발견하고 오옷, 하고 몸을 젖힐 만큼 놀라 시선을 고정해도 상대는 결코 이상한 오해 따위 하지 않는다. 예순한 살인 나는 어느덧 '할머니'로, 사랑이나 연애 같은 지대에서 한 발짝 비켜나 있기 때문이다. 그러니 나는 안심하고, 그러나 실례가 되지 않는 선에서, 마음 가는 대로 사람들을 지켜볼 수 있는 것이다. 덧붙여 젊은 시절에 이런 오해 때문에 어쩔 수 없이 사귀게 된 남성들이 있었는데, 그야말로 고통스러웠다. 좋아하지도 않는 상대방으로부터 '네가 먼저 시작한 일이니 책임져'라는 형태로 사귐을 강요당했다. 나의 경우, 정말로 '젊음'은 '바보 같음'과 동의어였다.

그러고 보니 하나는 '못 군'이라는 애칭으로 불리는, 배우 야마모토 유스케를 아주 좋아하는 것 같다. NHK 드라마 〈언덕 위의 구름〉에 그가 새하얀 해군 제복을 입고 제모를 쓴 늠름한 모습으로 등장하면, 하나는 텔레비전 가까이로 빨려들듯 다가가 앞발을 들고 선다. 그리고 마음을 뺏긴 듯 텔레비전을 쳐다본다. 꽤 오랜 시간 동안 그렇게 가만히 서 있기 때문에 내가 더 놀라고 만다.

"하나 짱, 이 사람이 그렇게 좋아?"

이렇게 물어도 뒤 한 번 안 돌아보고 화면만 뚫어져라 쳐다본다. '마음을 빼앗기다'라는 말을 그대로 그려놓으면 이런 모습이 아닐까.

집에 놀러온 지인에게 이 얘길 들려줬더니 바로 대답이 돌아왔다.

"역시 강아지도 예쁘고 아름다운 걸 좋아하는 거죠."

그 말을 듣고 나는 옆에 있는 하나에게 거의 반사적으로 사과하고 말았다.

"하나 짱, 미안해. 나이 든 엄마라 예쁘지 않아서."

지인이 당황스러워했다. 그 모습을 본 나도 아차, 하고 당황했다.

한 달 이상 걸려 400자 원고지 80매 소설을 완성했다. 그러는 동안 감기에 걸렸다. 이런 일이 종종 있기에 집필 일정은 보름 정도 여유를 두지만, 이번에는 그 여유분을 다 써버렸는데도 감기에 차도가 없었다.

내가 쓰는 소설은 가벼운 읽을거리라 약 일주일이면 척하고 80매를 써낼 거라고 생각하는 사람이 많다. 하지만 실제로는 하루에 3, 4매 정도를 겨우 쓰기 때문에 80매를 써내려면 한 달은 걸린다. 에세이라면 2, 3매를 더 쓸 수 있지만, 그렇다고 해도 하루에 10매를 쓰면 다음 날 완전히 지쳐 녹초가 된다. 이 정도 분량을 지키는 건 거의 10년 전부터 정착된 일이다. 그보다 전, 더 젊고 활력이 넘쳤을 때는 하루에 8매는 썼던 걸로 기억한다.

단편 하나를 완성한 후, 안도감과 기쁨을 좀 더 만끽하고 싶어 하나와 함께 택시를 타고 외출했다. 목적지는 JR 삿포로역 뒤편에 있는 쇼핑몰 안 펫숍. 이곳은 주말에는 사람들로 북적대지만 평일 낮은 한산해서 천천히 둘러볼 수 있다. 얼마 전 방문했을 때 알게 되었다. 펫숍에 딸린 미용실에서 예약 없이도 부분 커트 정도는 받을 수 있다는 것도. 이날 하나는 뒷발 부분 커트, 발톱 손질, 귀 손질을 했다. 지지난번에는 전신 샴푸와 전신 커트 풀코스 서비스를 받았는데, 얼굴 주변 털을 너무 짧게 잘라 이제야 내가 생각하는 딱 이상적인 길이가 되었다. 지금은 털을 기르는 중이다.

리키는 미용실에 가는 것을 너무 싫어해서 어쩔 수 없이 내가 집에서 털을 잘라주곤 했다. 정말 힘든 작업이었다. 계속 움직이는 리키 몸에 언제 가위를 가까이 대야 할지 몰라, 긴장 상태로 털을 잘라주고 나면 나는 늘 땀범벅이 되곤 했다. 그에 비해 하나는 손이 덜 간다. 물론 하나도 미용실을 썩 내켜하는 건 아니지만 리키만큼 두려워하거나 겁내지는 않는다. 뭐, 싫지만 어쩔 수 없지, 이런 느낌이랄까. 곧 상황을 받아들인다. 미용실의 젊은 언니 오빠들이 칭찬해주는 것도 기분이 좋은 모양이다. 전신 샴푸는 며칠 전 내가 집에서 해주었기 때문에 15분 남짓 걸리는 짧은 미용으로 끝냈다. 간식으로 강아지용 치즈를 사서 돌아왔다.

그날 밤, 다시 한 번 하나와 함께 외출했다. 택시를 타고 가장 가까운 홈센터(집을 꾸미고 수리하는 데 필요한 공구나 인테리어 자재, 생활용품 등을 한자리에서 파는 원스톱 쇼핑센터)로 향했다. 하나를 위해 마룻바닥에 펼쳐놓을 미끄럼 방지용 카펫을 사기 위해서다. 전에 깔아둔 카펫은 하나가 오줌을 너무 많이 싼 나머지 얼룩이 심해져 내다버렸다. 그러고 나서 한 달 동안 하나의 모습을 유심히 관찰하니, 역시 카펫 없이 마룻바닥을 걸을 때는 다리가 자꾸 미끄러졌다. 잡학 사전에 따르면 강아지에게 마룻바닥은 물 위를 걷는 것과 비슷한 불안감을 준다고 한다.

홈센터에서 잘라 파는 카펫을 6미터 정도 사서 돌아왔다. 납작하게 바닥에 드러누운 채 내 곁에 붙어 있는 하나에게 말했다.

"하나 짱, 쉬야는 시트에 해야지. 카펫 위는 안 돼. 혹시나 몰라서 엄마가 이렇게 카펫을 펴놓긴 하지만, 잘 좀 생각해주면 좋겠어."

하나도 조금은 어른이 되었는지 카펫 위에 오줌을 싸는 일이 전보다 많이 줄어들었다. 그렇다고는 해도 전혀 싸지 않는 것은 아니어서, 오줌을 쌀 때마다 거의 달려가다시피 해 얼룩을 닦아낸다. 이 카펫이 얼룩투성이가 돼 버려지는 건 과연 언제일까, 생각하며 꾸준히 얼룩을 훔쳐내고 방향 스프레이를 뿌린다. 딱히 불평하거나 한탄하는 것이 아니라 그저 담담히 그렇게 생각한다. 하나가 나쁜 것이 아니라, 하나를 제대로 가르치지 못한 내가 있을 뿐이다. 하나뿐만 아니라 리키한테도 그랬다. '앉아' '손' '기다려' 같은 건 가르치지 않았다. 나 자신도 그런 식의 명령이나 가르침을 어릴 때부터 좋아하지 않았기 때문에, 내가 싫어하는 것을 남에게 시키고 싶지 않다는 단순한 이유에서다.

오늘 아침에는 어제 만들어 냉장고에 하룻밤 재워둔 포테이토 샐러드를 먹었다. 이번에도 실패였다. 요 1년간 얼마나 많은 포테이토 샐러드를 만들고 얼마나 많은 실패를 했던가. 만드는 순서가 잘못된 것도 아니다. 뭔가를 생략한 것도 아니다. 게다가 포테이토 샐러드뿐 아니라 1, 2년간 스튜도, 조림도, 하는 족족 실패했다.

몇 번이나 이런 일이 반복되니 이쯤에서 마음을 바꾸는 편이 나을지도 모르겠다는 생각이 든다. 요리를 망친 것이 아니라 나 자신의 미각과 입맛이 완전히 변한 것이다, 라고 인정하는 것이다.

몇 년 전부터 이런 조짐이 있었지만 나는 항상 상황 탓으로 돌리거나 조리 방법이 틀려서일 거라고만 생각했다. 혹은 가스레인지에서 전기레인지로 바뀌어, 화력이 원인이라고 생각했다. 하지만 사실은 나의 혀가 변한 것이리라. 역시 그렇게 생각하는 것이 옳은 듯하다.

맛이 없다고 생각하는 것을 참고 먹을 만큼 수더분한 성격이 아니기 때문에, 실패한 음식은 곧바로 버린다. 음식물 쓰레기로 내놓는다. 그럴 때마다 조금은 풀이 죽는다. 도대체 무슨 짓을 한 건가, 하고 반성한다. 그렇게 하는 일이 마음과 몸에 좋을 리 없다.

미각이 이렇게 크게 변한 것은 역시 나이가 들어 체력과 체질이 변했기 때문이리라. 이런 경험은 과거에도 한 번 있었다. 10년 전, 식도암 수술을 받은 후였다. "혹시 모르니까요." 의사 선생님의 이 같은 설득에 3주 정도 항암제를 복용했다. 그때 나는 밥 냄새, 수돗물 냄새를 전혀 받아들이지 못했다. 하지만 이번에는 병 때문이 아니라, 나이 때문이라고 생각해도 좋을 것이다.

예전에는 일주일 치 식단을 생각하고 일주일 동안 필요한 영양에 따라 식재료 구입을 계획했지만, 이제는 단념하고 이틀 치로 정하고 있다. 아무리 맛있어서 감동을 받는다 해도 질리지 않고 먹을 수 있는 건 하루에 한 번, 최대 사흘까지다. 최근 내 미각의 경향으로 알게 되었다. 무리해서 사흘 연속으로 먹으면 질려버려서, 다음 몇 달은 쳐다보고 싶지도 않은 마음이 된다. 이렇게 음식에 질리는 일도 몇 년 전부터 급격히 잦아졌다. 예전에는 마음에 드는 식재료나 음식을 발견하면 매일 삼시세끼 같은 것을 계속 먹어대도 질리지 않았다. 질릴 때까지 한 달 가까이 같은 음식을 먹은 적도 있었다. 그랬던 것이 요즘에는 단 이틀밖에 지속되지 않는다.

직접 만든 요리에 대한 집착도, 만들고 나서 버리는 어리석은 짓을 반복하다보니 점점 줄어들었다. 얼마 동안 백화점 지하 식품매장에 열심히 다니다가, 역시 입맛에 맞지 않아 스스로 만들어야겠다는 생각에 대부분의 음식을 만들어 먹은 시기가 있었다.

그랬는데 요 1, 2년간 몸이 안 좋아지고, 작년 가을에는 왼쪽 손목이 부러지기도 해 거의 직접 요리를 하지 않게 되었다. 하나와 함께 산 지 얼마 안 되었을 때였는데, 집에서 뒤로 넘어졌다. 욕실 천장 건조대에 세탁물을 널고는 몸의 중심을 바꾸려다 다리를 헛디딘 것이다. 머리 뒤쪽과 등을 세게 부딪쳤는데 골절된 곳은 왼쪽 손목이었다.

불행 중 다행은 자주 쓰는 오른쪽 손목을 다치지 않은 것이었다. 하지만 몸의 일부를 깁스로 고정하고 있으려니 그렇게 불편할 수가 없었다. 복잡골절이 아니라서 수술은 하지 않았지만, 아픔은 아주 오래갔다. 게다가 오른손으로 칼을 쓰려 해도 왼손으로는 물건을 잡아야 하고, 원고를 쓸 때도(나는 아직까지도 컴퓨터가 아니라 손으로 글을 쓴다), 지우개를 쓸 때도 왼손이 필요하다는 것을 그때 일로 확실히 깨달았다.

이런저런 사정으로 왼쪽 손목 깁스를 풀기까지 거의 한 달, 그리고 깁스를 풀고 나서도 칼을 잡고 쓸 수 있기까지 또 한 달, 약 두 달을 어쩔 수 없이 편의점 신세를 지게 되었다. 집에서 가까운 세 군데 편의점을 다녔는데, 지금까지 내 생활 패턴에는 거의 존재하지 않았던 방식이었다.

그런데 이 방식이 의외라고 할까, 생각 이상으로 내 삶에 잘 맞았다. 물론 음식에 따라 짠맛이 강한 것도 있었지만, 그것은 세 편의점 중 내 입맛에 맞는 걸 파는 곳으로 선택하면 될 일이었다. 냉장고를 식재료로 꽉 채워 넣지 않는 삶은 묘하게 숨 쉴 틈을 주었다. 답답함이 없었다.

냉장고 안이 텅 비었다. 편의점에서 사온 구운 생선이나 토마토, 달걀 등으로 이어가는 식생활이 아마 반년 넘게 지속되지는 않을 것이다. 하지만 편의점 음식으로 식사를 하면서, 지금까지 요리에 들인 수고로움을 돌이켜보면, 왠지 모르게 신기한 기분이라 당분간은 쭉 이어질 것도 같다.

요리는 아주 쉽게 기분을 전환할 수 있는 방법이라서, 젊은 시절부터 요리하는 것이 즐거웠다. 그랬던 것이 이 나이가 되니, 물론 싫어진 것은 아니지만 하지 않아도 괜찮은, 신경을 쓰지 않아도 되는 일로 바뀌었다. 나에게는 큰 변화다.

'자신의 일은 가능한 한 스스로 한다'를 모토로 하고 있지만, 타인에게 맡겨 좋은 일은 타인에게 해달라고 해도 괜찮다는 마음의 변화. 그 끝에 자리한 건 어쩌면 '요양원'에서의 생활일까. 이런 식으로 사람은 원래의 자기 위치를 조금

똑 닮은
주인과 애견

씩 바꾸면서, 깨닫고 나면 '노년의 삶'이라는 것에 미끄러져 가 있는 것인지도 모른다.

하루 종일 책을 읽었다.

점심때 하나와 한 시간 정도 산책을 했다.

요즘 읽고 있는 야마다 가즈山田和의 《알려지지 않은 로산진知られざる魯山人》, 긴이로 나쓰오銀色夏生의 《무료함의 노트 17つれづれノ-ト17》를 다 읽었다.

왠지 모르겠지만 기타오지 로산진北大路魯山人◆에 대한 이야기는 20대부터 눈에 띄면 모조리 사 읽고 있다. 이번에 읽은 《알려지지 않은 로산진》은 정말 마음에 들었다. 로산진을 기인이나 괴짜로 취급하지 않아서였다. 메이지 시대(1868

◆　유명한 도예가이자 미식가. 사치를 공공의 적으로 여기던 시대에 '미식'의 자유를 외친 일본 최초의 미식가이자 일본 요리계의 전설이다. 형식적인 일본 식문화에 거침없이 독설을 날려, 일부에서는 그를 '고집불통 이단아'라고 맹렬히 비난했다.

년-1912년)에 태어나, 당시로서는 키와 덩치가 컸던 로산진은 언제나 나의 외할아버지를 떠올리게 만든다. 외할아버지도 덩치가 큰, 메이지 시대의 남자로 참치를 해체할 때 쓰는 칼을 팔았는데 수완이 아주 좋았다. 물론 로산진이 지닌 재치와는 비교할 수 없지만, 인간에 대한 신랄한 독설, 빈틈없는 자기 관리, 고집스러움 등이 왠지 로산진과 겹쳐진다. 죄송하네요, 기타오지 로산진 씨, 저자 야마다 가즈 씨. 우리 외할아버지라고 하는 것보다 기골이 장대한, 메이지 시대 남자들이 가진 공통된 삶의 방식일지도 모르겠다.

《무료함의 노트》시리즈는 1권부터 줄곧 애독하고 있다.

나는 언제나 손이 잡히는 곳에 신간을 두는데, 이번에는 신간 대신 책장에서 도미오카 다에코富岡多惠子의《서쪽 학의 감정西鶴の感情》을 꺼냈다. 정말 좋아해서 몇 번이나 읽었는지 모를 만큼 읽고 또 읽는 책이다. 또한 내 능력으로 과연 어디까지 이해할 수 있을지, 스스로를 의심하게 되는 책이다. 저자는 오래전에 영화 〈탁한 강〉[*]을 보고 감동해 그 감동을 재확인하려고 히구치 이치요樋口一葉의[**] 원작을 읽었다고 썼는데, 나 역시 같은 이유로 《탁한 강》을 다시 읽었다. 꽤 오래전, 구제 데루히코久世光彦가 연출한 TV드라마 〈탁한 강〉을 보았고, 배우 다나카 유코田中裕子의 매력에 빠져 〈탁한 강〉의 원작을 읽은 적이 있다. 학창 시절 교과서에서 읽었던 《키 재기》는 내 취향과 맞지 않아 그 이후 히구치 이치요는 무리라고 생각해 멀리했다. 하지만 드라마 〈탁한 강〉을 본 후 와다 요시에和田芳惠의 《이치요의 일기》를 서점에서 구해 읽고 히구치 이치요에 빠져버렸다. 빠졌다고 하면서 정작 그 책은 잃어버렸고, 다시 구입한 문고본도 이사할 때 행방이 묘연해져 지금 내가 가진 것은 세 번째로 구입한 책이

[*]　외아들을 두고 친정으로 돌아온 한 '어머니'의 이야기, 인정머리 없는 주인 밑에서 하녀로 일하는 '미네'의 이야기, 화류계를 떠나기로 마음먹은 기생 '오리키' 이야기가 차례로 펼쳐지는, 옴니버스 형식의 고전 영화.

[**]　다양한 여성들의 삶과 고뇌를 언어화한 여성 소설가. 스물넷에 요절했지만, 사후 얼마 되지 않아 당대 최고 여성 소설가로 화려한 명성을 얻었다. 일본 근대 문학의 정전 목록에 작품들이 올랐다.

다. 왠지 모르겠지만 1년에 한 번은 재독하고 있다.

　　　　　　　　⬚⬚⬚⬚⬚

　재독하는 습관은 쉰다섯 살이 지나면서 시작됐다. 그 이전의 나는 건방지다고 해야 할까, 오만하다고 해야 할까, 한 번 읽은 책에는 다시 마음이 가지 않았다. 영화도 마찬가지였다. 지금 내 작은 책장에 꽂혀 있는 책은 거의 대부분이 재독용 책으로 두 번째, 세 번째 다시 구입한 책이다. 컴퓨터가 없어서 시내 서점까지 나가 이것저것 둘러보고 고민 끝에 책을 고르는데, 그 행위가 즐겁다. 빈 백팩 안을 구입한 책으로 채우고, 외출한 김에 백화점 지하 식품매장에 들러 고기와 야채를 사가지고 들어온다. 너무 많이 산 나머지 가방이 무거워져 뜻하지 않게 비틀거리는 일도 있다.

　백팩은 모두 네 개를 가지고 있다. 예전부터 애용하고 있는데, 돌아가신 아버지와 어머니는 내가 백팩을 멘 모습을 그다지 좋아하지 않으셨다. 다이쇼 시대(1912년-1926년)에 태어난 두 분은 전쟁 전후에 물건을 살 때나 여자가 백팩을 메고 다녔다는 선입견이 강했다. 그 선입견을 뒤집어놓고 싶어서 루이비통 백팩을 어머니에게 자랑하듯 보여준 적도 있지만, 흐음, 하고 한숨을 내쉬었을 뿐 전혀 생각을 바꾸지 않으셨다. 그런 어머니도 돌아가신 지 올해로 4년이 지났다. 아버지가 돌아가신 지는 7년이 되었다.

한화우 그 홀읗 뚜 권당

산책이 즐거운 계절이 왔다. 내가 사는 삿포로는 종종 4월 말까지 거리에 눈이 남아 있기도 해서 1년 내내 도로 사정을 신경 쓰지 않고 씩씩하게 산책하기란 쉽지가 않다. 그래서 따뜻한 햇살이 내리는 산책하기 좋은 날씨가 어제오늘, 앞으로도 쭉 이어지는 계절이 찾아오면, 그것만으로도 벌써 마음이 즐겁다. 들뜬다.

특별히 이번 초여름은 이제 한 살을 맞이한 '하나'와 함께다. 하나 이전에 나와 함께 살았던 리키(향년 15세)는 산책을 대단히 좋아했다. 키는 30센티미터, 무게는 3킬로그램으로 몸집은 아주 작았지만 척척, 척척 걸으면서 꽤 먼 곳까지 나갔기 때문에, 돌아올 때는 힘이 빠져 택시를 타야 할 경우도 있었다. 돌아올 힘을 잃어버린 것은 물론 리키가 아니라 나였다.

나 역시 옛날, 10대 시절부터 산책을 좋아해서 머릿속이 복잡할 때면 일단 밖에 나가 걷는 버릇이 있었다. 걷는다. 그저. 걷는다. 그러면 복잡한 머릿속이 마치 자기에게 맞춤한 서랍에 쏙쏙 정리 정돈 되듯이 말끔하게 안정되었다. 달리기나 등산을 하지는 않는다. 내 경우 바깥 활동은 오로지 걷기에 한정되어 있다. 확실히 달리거나 산을 오르는 체력은 10대 시절부터 없었다.

산책할 수 있는 계절이 왔다는 것은 동시에 꽃가루 알레르기의 계절도 돌아왔다는 뜻이다. 나는 매년 자작나무 꽃가루에 당해 눈물 콧물을 쏟고, 재채기에 미열까지 나는 알레르기 종합세트 상태가 된다. 두 달 동안 매일매일 괴로워하지만, 그런 걸 일일이 신경 쓰면 산책을 할 수가 없다. 꽃가루 알레르기 따위는 모르는 척하고, 기합을 넣어 하나에게 말을 건넨다.

　"하나 짱, 밖으로 나가자."

　'밖'이라는 말이 들리자마자 하나는 눈을 반짝반짝 빛낸다. 리키와 완전히 똑같은 반응이다. '밖'이라는 단어는 '밥'과 같은 농도로 하나의 아드레날린을 급격히 솟아오르게 만든다.

　외출 준비를 하고 산책용 리드줄을 채우기 위해 하나를 찾는데, 하나가 보이지 않는다. 펠트로 만든 파란 사과 모양 개집 안에 숨어서는 얼굴만 살짝 내밀고, 한쪽 눈으로 내 쪽을 올려다보고 있다. 하나는 이 산책용 리드줄을 매는 걸 너무나 싫어한다. 거의 죽을 만큼 싫다고 생각하는 것 같다. 하지만 무시하고 하나를 붙들어 줄을 맨다. 그러면 하나는 염세관과 울적함이 단번에 깊어진 듯, 의자 다리 밑에 죽은 듯이 엎드려서 바닥에 몸을 밀착시킨다. 마치 연극을 하는 것만 같다. 산책을 나갈 때면 언제나 반복되는 일이다.

그 모습을 보고 있노라면, 몸을 붙들어 매는 건 갑갑해서 싫다고 표현하는 것 이상으로 하나의 자존심이 갈기갈기 찢어지는 것 같아 잠깐 동정심도 생긴다. 유쾌하지 않은 일을 강제로 시키는 데 대한 분노를 표출하는 것이라고나 할까. 이해하지 못하는 바도 아니다.

나도 서너 살 때 그런 일을 겪은 적이 있다. 한여름 햇볕이 내리쬐는 거리에서 태양의 뜨거움을 감당하는 것만 해도 힘든데, 어른들이 "사진 찍을 거니까 그쪽에 가서 서라"고 명령하자 기분이 언짢아졌다. 그때 나는 거리 위에 웅크리고 앉아서는, 어린 마음에도 반항심이 이글이글 타올라 똑똑히 결심했다. 절대로 일어서지 않을 거야. 증거 사진이 아직도 남아 있다. 서너 살의 내가 부루퉁한 표정으로 웅크리고 앉아 있고, 내 등 뒤로 다른 친구들이 해맑은 미소를 지으며 앞을 보고 서 있다. 그때의 절대 일어서지 않을 거란 굳센 다짐, 그 감정은 지금도 선명하게 되살아나곤 한다.

그래서 싫은 일을 당하는 하나의 기분을 나는 이해한다. 자유롭게 있고 싶은데, 언제든지 기지개를 활짝 펴고 싶은

데, 이렇게 나를 억압하다니 절대 엄마를 용서하지 않을 거야. 죽은 척을 하는 하나에게 나는 말을 건넨다. 이것도 매일 매번 반복되는 일이다.

"하나 짱, 살아간다는 건 원치 않는 것도 견디는 일이야."

그렇게 말하고는 하나에게 눈길도 주지 않은 채 현관으로 나가 산책용 신발을 신기 시작한다. 일부러 천천히 신는다. 그러는 동안 하나는 몸에 묶인 리드줄을 질질 끌고 마지못한 듯 현관 쪽으로 걸어온다.

하나는 밖으로 나가 산책하는 것을 정말 좋아하지만 스스로는 걷지 않는다. 내가 걷는다. 하나는 내 팔에 안겨 점점 변하는 풍경, 날아가는 까마귀, 달려가는 자동차, 거리에서 먹이를 찾는 비둘기, 꺄아꺄아 소리를 지르는 여중생의 모습을 하나하나 눈에 담는다. 그러는 일이 즐거워 견딜 수가 없는 모양이다.

처음에 나는 이 상황을 이해할 수 없었다. 과거의 경험을 아무리 살펴봐도 자기 발로 걷고 싶어 하지 않는 개라니, 믿을 수가 없었던 것이다. 게다가 하나는 집 안에 있을 때는 거의 날듯이 뛰어다니는, 혈기왕성하고 쾌활한 녀석이다. 어린 강아지였을 때야 안고 밖에 나가는 게 당연했지만. 아, 설마 하나는 그때 이미 자기가 상상하지 못한 '이익'을 깨닫게 된 것일까. 걷는 것보다 훨씬 편하고, 무엇보다 보통 때 자기 키로는 볼 수 없는 높은 곳에서 주변을 둘러볼 수 있는 즐거움. 게다가 늘 나의 품속에서 내 체온을 느낄 수 있는 안정감까지 있는 것이다.

"하나 짱, 자, 걸어보자."

이렇게 말하며 하나를 바닥에 내려놓아도 한 걸음도 걷지 않는다. 꼿꼿이 선 채 그대로 있다. 그래도 손을 뻗지 않고 내버려두면, 기다림에 지친 하나는 '야옹야옹' 하고 아기 고양이 소리를 내면서 어리광을 부리고, 내 발에 매달려 기어오르려고 한다. 한 살이 지났는데 아직도 이런 어리광을 부리다니, 나는 그저 아연해진다. 너무 귀여워한 결과다, 라고 잔소리를 하는 사람도 있을 테지만, 나는 리키도 무턱대고 사랑하기만 했었다. 그 전에 키웠던 구로스케도, 뽀삐도, 류도, 그때그때 내가 줄 수 있는 최고의 사랑을 주었다고 자부한다. 물론 반성이나 후회도 산처럼 크게 남아 있지만. 아무튼 내가 키웠던 모든 개에게 아낌없는 사랑을 주었지만 어떤 개도 밖에서 제대로 걷지 않은 적은 없었다. 하나만 밖에서 걷지 않는다.

이렇게 안기는 데 집착하는 하나가 사회성 부족한 내성적인 히키코모리 개인가 하면, 그건 또 전혀 아니다. 오히려 사교적인 편에 속한다. 사람과 개를 아주 좋아해서 길에서 마주친 낯선 여성이 "어머, 귀여워라" 하고 손이라도 내밀면 신이 나서 들썩이고, 지나는 개와 만나거나 스치면 옆으로 가고 싶어서 가만히 있지를 못한다. 나 여기 있다며 몸을 내

밀고 말(?)을 건넨다. 하나는 싫어하는 사람도, 대하기 힘들어하는 개도 없다.

그럼에도 불구하고 스스로 산책을 하려고는 하지 않는다. 걷지 않는다. 이런 하나를 보고 있으면 '타고난 성격'에 대해 마음속 깊이 생각해보게 된다. 생각한다고 해서 뭔가 새로운 발견을 하는 것은 아니고, 타고난 성격이라면 무리해서 바뀌게 하지는 말자, 그대로 받아들이는 것도 애정이다, 라고 언제나 결론을 내린다. 그리고 나 자신에 대해서도 생각해본다. 예순한 살이나 되어서 그런 생각을 하는 건 시간 낭비라고 할 수도 있지만, 나의 타고난 성격이라고 할 수 있는 건 도대체 뭘까, 생각한다.

아무튼, 안겨서 산책하는 것을 너무나 좋아하는 하나를 위해 하루 한두 번은 산책을 나간다. 비가 오는 날도 우산 대신 모자를 깊이 눌러 쓰고 강풍 속에 집 근처를 방황한다. 내 가슴에 폭 안긴 하나는 죽은 오빠인 리키가 남겨준 나일론 비옷을 입고, 기쁨으로 눈을 뙤록뙤록 굴린다. 덧붙이자면 비옷은 연두색이다. 하루에 한 번은 기본이고 오전과 오후 두 번을 나가면, 하나는 대단히 기분이 좋아져서 안정을 찾는 걸 느낄 수 있다. 한 번 나갈 때마다 30분에서 한 시간 정도, 그날그날의 날씨에 따라 머무는 시간은 다른데, 바람이 없는 맑고 따뜻한 날에는 바깥에 있는 시간이 길어진다. 한 시간이 눈 깜짝할 새에 지나가버린다. 산책은 하나의 즐거움일 뿐만 아니라 나의 기분 전환에도 꽤 도움이 된다.

특히 요즘의 나는, 소설을 한 편 완성한 뒤부터 자율신경계에 이상이 생겨 거의 날마다 컨디션이 무너진다. 이때 산책은 무엇보다 좋은 치료법이 된다. 에세이를 쓰는 건 아무렇지 않은데 소설을 쓰면 컨디션이 무너진다. 이는 10년 전부터 시작되었고, 나아지기는커녕 점점 심해져서 최근 몇 년은 그렇게 될 것을 각오하고 소설 집필에 임할 정도가 되었다. 소설을 집필하는 데 드는 약 30일간의 극도의 집중과 긴장이 예순한 살이 된 나에게는, 이제 견디기 어려운 일이 되었는지도 모른다.

보통 생활에서는 이렇게까지 집중하고 긴장할 일이 거의 없기 때문에, 소설을 쓰지만 않는다면 매일매일의 생활에는 아무 문제도 없다. 동시에 '늙음'을 깨닫는 일도 없으리라.

같은 나이대의 친구나 지인에게 받은 편지에서 '늙음'을 느끼는 일도 최근 부쩍 많아졌다. 본인은 자각하지 못하는 틀린 문장, 주어와 술어가 확실히 어긋난 문장, 공평함을 완전히 잃은 기묘한 확신을 발견할 때마다 마음이 철렁한다.

바꿔 말하면, 문장이든 편지든 쓰지 않고 지낼 수 있는 환경이라면 자신이 나이 들고 있다는 사실에서 눈을 돌릴 수 있는지도 모른다.

내가 귀찮다고 생각하는 건 글을 쓰는 일이 아니다. 오히려 글을 쓰는 일은 힘들지 않고, 뜻밖의 표현이 떠오르거나 하면 소설가로서 기쁨을 만끽하기도 한다. 그럼에도 불구하고 괴로운 것은 자율신경을 스스로 컨트롤하지 못해 흐트리고 마는 것이다. 어쩌면 이것은 신체가 주는 경고일지도 모른다. 그러니 자율신경이 변덕을 부리는 것에 더욱 신경을 쓰고, 문장을 쓰면서 어쩌다 오는 고양감에 속으면 안 된다.

지금 이 글을 쓰면서, 나는 소설가 나쓰키 시즈코夏樹静子의 《의자가 무서워椅子がこわい》를 떠올린다. 나쓰키 씨의 오랜 허리 통증이 사실은 정신과 치료를 필요로 하는 것이었다는 체험담이다. 1997년에 출간된 이 책을 내 일처럼 절실한 기분으로 읽은 기억이 있다. 그것은 내가, 내 무의식을 어떻게 마주하면 좋을까를 지난 몇십 년간 과제로 삼고서도 해결이라고 할까, 받아들이는 방법이라고 할까, 생각하는 방법이라고 할까, 그 실마리조차 찾아내지 못하고 있었기 때문이다.

염려스럽게도 이 무의식은 예순 즈음부터 불가사의한 방법으로 모습을 드러내기 시작했다. 어느 가을 저녁, 7시에서 8시 사이에 일어난 일이었다. 다리미질을 하는 중이었고, 정면에 놓인 텔레비전에서는 NHK-BS2의 가요 프로그램이 나오고 있었다. 내 한쪽 손은 뜨거운 다리미를 들고, 다른 한 손은 삼베로 만든 블라우스를 펼치고 있어서, 추억의 멜

로디가 나오는 것을, 본다기보다는 듣고 있었다. 텔레비전이 라디오 역할을 했던 것이다. 니시지마 미에코라는 가수였다. 아마추어 같은 분위기가 오히려 개성적인, 나와 비슷한 또래로 보이는 여가수가 〈이케가미센池上線〉이라는 노래를 부르기 시작했다. 그녀는 20대 시절의 아름답고 깨끗한 목소리를 그대로 유지하고 있었다.

아아, 언젠가 들어본 적이 있는 노래네, 다리미질을 하면서 생각했다. 분명히 내가 20대 시절, 그래, 1970년대 언젠가 들었던 노래야……, 그 순간 두 눈에서 눈물이 흘러나와 멈추지 않았다. 나는 당황했다. 왜 우는 것인가. 무엇이 슬픈 걸까. 그러나 스스로도 전혀 이유를 알 수 없었다.

나의 무의식이, 그것을 간직하고 있는 뇌가 〈이케가미센〉이라는 노래에 반응한 것이다. 20대 당시의 나로 돌아가 뇌가 멋대로 울고 있다, 라고밖에 생각할 수 없었다. 눈물은 갑작스럽고 일방적으로, 폭력적이라고도 할 수 있을 정도로 마구 흘러나왔다. 이건 내가 울고 있는 게 아니다. 그 노랠 기억하고 있는 '뇌'가 울고 있는 것이다. 분명히. 노래가 끝나자 나의 눈물도 멈췄다. 나는 다리미질을 중단하고 잠시 멍하니 있었다. 도대체 뭐야, 이건.

며칠 뒤, 나는 〈이케가미센〉이 1976년에 발표된 이별 노래이며 당시 꽤 유행해 여러 방송에서 빈번히 흘러나왔다는 사실을 알게 되었다. 1976년이라면 나는 스물일곱 살이었다. 스물일곱 살 이전 2년간은 이혼 때문에 복잡한 일이 계속 있었다. 어쨌든 좋지 않은 상태가 계속되다가, 간신히 마무리되었다 싶은 시점이 바로 스물일곱 살이었다. 마음은 어둡고 춥고 답답했다. 싼 위스키를 마시고 취하고, 그렇게 잠시 현실을 잊고, 어떻게든 오늘만 무사히 보내자고 생각하며 하루하루를 술의 힘을 빌려 다음 날로 이어가는, 그런 생활을 하고 있었다.

당시에는 그 정도의 자각은 없었지만 예순한 살인 지금 돌이켜보면 정말 괴로운 나날들이었다. 어둡고 비참했다. 아마 그 당시 나는 〈이케가미센〉이라는 유행가를 빈번히 들었을 것이다. 듣고 싶어서 들었던 것이 아니라 싼 위스키를 마시면서, 식당이나 선술집의 배경 음악으로, 듣는다는 의식도 없이 귀에 노래가 흘러들었던 게 분명하다. 취해 있었기 때문에 곡 이외의 자잘한 것들은 기억도 없이, 그저 당시의 어떻게 할 수도 없는, 누구에게 말할 수도 없는 내면의 슬픔이나 분함이 〈이케가미센〉의 멜로디에 달라붙어, 달라붙은 채로 덩어리가 되어 나의 뇌 주름 사이 어딘가에 파묻혀 있었을 것이다. 그것이 34년 만에 〈이케가미센〉을 듣고 뇌 주름 속에서 출렁거리며 떠올라, 그리운 목소리에 뇌가 멋대로 울어버린 것이 아닐까.

그러고 보니 나의 20대와 겹치는 1970년대 유행가들은 전부 좋아하지만 왠지 대하기 좀 어렵다고 할까, 모순된 기분으로 들을 수밖에 없다. 마음이 상당히 안정된 상태가 아니면 듣기 힘들기 때문이다. 회사를 다니던 30대에는 그저 그리운 느낌으로 그 노래들을 듣기도 했지만, 지금 이 나이가 되어보니 가능하면 피하고 싶다. 들으면 마음을 도려내는 듯한 기분이 되기 때문이다.

어머니가 돌아가신 4년 전 봄, 나는 40년간 살았던 집을 떠나 분양받은 새 맨션으로 이사했다. 그때, 나도 모르는 사이 많이도 늘어나 있던 CD 대부분을 처분했다. 클래식과 재즈 CD만 남겼다.

| | | | |

　도무지 종잡을 수 없는 내 무의식에 관해 하나 더 털어놓자면, 불과 한 달 전만 해도 내 식생활이 편의점 반찬 노선을 걷고 있노라 말했는데, 입술의 침이 마르기도 전에 현재 노선은 완전히 바뀌었다. 지금 냉장고 안에는 후추와 굵은 소금에 절인 소고기 몇 인분, 열 가지 이상의 야채로 만든 샐러드, 여러 가지 드레싱, 식감이 거친 독일식 빵, 국 끓일 때 넣을 여러 종류의 면, 시내 백화점에서 사온 소시지류 등이 이미 3주에 걸쳐 상비되어 있다. 떨어지면 즉각 빈틈없이 사서 채워 넣는다. 나도 이런 나 자신이 싫다. 하나도, 이번에는 언제까지 계속할 건데요, 라고 의구심을 가진 듯하다. 마치 이중인격자처럼, 마음에 드는 식재료를 쌓아놓고 황홀하게 바라보는 나와, 그런 나를 비웃고 있는 내가 있다.

산책하기 좋은 계절

시내 서점에서 히사다 메구미久田惠의 신작 에세이《판타스틱하게 산다ファンタスティックに生きる》를 발견하고 망설임 없이 구입해 단숨에 읽었다. 반신불수가 된 어머니를 보살피며 가사와 집필을 병행할 때, 역시 어머니를 간호하고 있는 히사다 메구미의 에세이를 만나 위로받고 치유받았다. 그녀의 논픽션《필리피나를 사랑한 남자들フィリッピーナを愛した男たち》은 이미 읽었지만, 간호 에세이를 만난 뒤부터 갖고 있던 예전 작품을 모조리 다시 읽고, 눈에 띄거나 새로운 책이 나오면 바로바로 사 모으고 있다. 그녀와는 한 번도 만난 적 없지만, 마치 사촌 언니의 소식을 책을 통해 듣는 것 같은 친근감을 멋대로 혼자 가지고 있다.

병든 부모님을 보살피며 쓴 간호 에세이는 이미 여러 권 나와 있어 가끔 사 읽는데, 히사다 메구미의 책이 나와 가장 잘 맞았다. 딱히 이유는 모르겠다. 두 살밖에 차이가 나지 않아서 그럴까? 같은 홋카이도 출신이라서 그럴지도 모르겠다.

서점을 둘러보다 눈에 들어와 구입한 에세이는 이것저것 많은데, 기타오지 기미코北大路公子의 책도 그중 하나다. 2005년작인 《머리맡의 구두枕もとに靴》는 삿포로의 서점에서 아무 사전 지식 없이 손에 넣었는데, 아주 신선한 책이었다. 작가가 배우 사토 고이치◆의 팬인데, '만약 사토 고이치가 옆집에 이사 온다면?'이라는 독특한 상상이 다른 에세이에도 반복해 나오는 게 재미있었다. 아직도 그녀는 사토 고이치의 팬일까, 하고 흥미로운 상상을 해보곤 한다. 그녀와도 역시 만난 적이 없다.

이 이야기를 하면 "저도 사토 고이치 진짜 좋아해요"라며 눈을 빛내는 여성이 적지 않다는 사실에 놀랐다. 사토 고이치의 매력을 모르겠다는 것은 아니지만, 좋아한다고 그 즉시 고백해버리는 여성들의 그 예사롭지 않은 열의와 몰두, 눈의 반짝임 같은 것에 압도당했다. 정말 대단하다. 게다가

◆　1980년 데뷔 이래 수많은 영화에 출연한, 일본에서도 손꼽히는 중견 배우. 요코하마 영화제, 오사카 영화제, 일본 아카데미 등 일본을 대표하는 영화제에서 남우조·주연상을 휩쓸기도 한 연기파 배우이기도 하다.

나이 어린 아가씨들이 아니라 인텔리층 여성들이 완전히 빠져 있다. 대단하다고 말할 수밖에 없다. 배우 사토 고이치 말이다.

사이토 아케미斎藤明美의《다카미네 히데코의 방식高峰秀子の流儀》은 신문 광고를 보고 발행일에 시내 서점에 전화를 걸어 입고 소식을 듣자마자 달려가 구입했다. 나는 다카미네 히데코◆의 에세이를 아주 좋아한다. 자전적인 이야기를 담은《나의 세상살이 일기わたしの渡世日記》를 시작으로, 다른 사람들에게 그녀의 책을 선물하면서 몇 번이나 같은 책을 구입하고 있다.

그래서 어느 날《다카미네 히데코의 버리지 못하는 물건高峰秀子の捨てられない荷物》의 작가 사이토 아케미를 알게 됐을 때, "어?" 하고 혼잣말을 할 정도로 놀랐다. 처음에 나는 다카미네 히데코와 사이토 아케미의 관계를 이해할 수 없었

◆　1924년에 태어나 쇼와 시대를 풍미한 여배우로서 일본 영화의 황금시대를 상징하는 아이콘이다. 아역배우로 시작해 1979년 은퇴할 때까지 약 50년 동안 정상의 자리를 지키며 연기 활동을 펼쳤고, 은퇴한 후에는 에세이스트로 활동했다.

다. 여배우와 팬? 인터뷰이와 인터뷰어? 이도저도 아닌 듯한 기묘한 관계에 대해 사이토 아케미는 책에 정직하게 쓰는데, 슬프다고 해야 할지, 부모님이나 그와 비슷한 연상의 어른으로부터 무조건적인 애정을 받은 기억이 없는 나는 확실히 와닿지가 않았다. 하지만 《다카미네 히데코의 버리지 못하는 물건》을 다시 읽고, 몇 권의 책과 《나의 세상살이 일기》 상하권을 다시 읽으면서, 그제야 아, 이런 관계였구나, 하고 깨달았다. 그리고 다카미네 히데코의 과거와 현재를 이런 식으로 말해줄 수 있는 사이토 아케미라는 사람에게 거의 '감사'에 가까운 감정을 멋대로 가지게 되었다.

내가 읽고 즐긴 에세이나 평전, 소설에 대해 쓰는 것이 작가들에게 민폐가 되거나 유쾌하지 않은 일일지 모른다는 생각도 들지만, 이 나이가 되면 책을 읽고 재미있었다고 함께 말할 수 있는 사람이 주변에 '전혀 없다'고 말해도 좋을 정도다. 세상의 수많은 예순한 살은 이제 더 이상 책을 읽지 않는 것인가. 읽는다 해도 전문적인 문헌이나 읽는 것인가. 책을 읽고도 아무 말 없이 침묵하는 건 정말이지 괴롭고, 그래서 결국 이 지면을 빌려 평상시의 근심을 떨쳐버리고 말았다. 서평에는 걸맞지 않은 서툰 코멘트도 있는 게 정말 죄송하지만.

향이곰탕 이수 문니

산책을 겸해 자주 다니는, 걸어서 5분 거리에 있는 펫클리닉에 하나를 데리고 갔다. 펫숍에 가서 하나의 발톱을 정리하고, 귀 청소를 하고, 항문샘을 짜야 해. 머릿속으로 계속 생각 중이었는데 얼마 전, 클리닉에서도 이 모든 게 가능하다는 것을 알게 됐다. 그렇다면 클리닉에서 받는 게 거리도 더 가깝고 편리하다.

발톱은 한 달에 한 번씩은 깎아야 한다. 클리닉에서는 건강 진단도 한 번에 받을 수 있으니 왠지 마음이 놓인다. 비용은 펫숍과 같다. 펫숍에서 트리밍을 부탁할 때는 커트부

터 샴푸까지 모두 맡긴다. 하나는 리키와 달리 트리밍을 몸
서리치게 싫어하지 않아서, 나로서도 다행이다. 그런데, 그
러다보니 요사이 새로 깨달은 것이 있다. 아무래도 나는 개
를 샴푸해주거나 털끝을 가위로 잘라주며 세세한 부분까지
신경 쓰는 걸 생각 이상으로 좋아하는 것 같다. 리키는 트리
밍을 너무나 싫어했기 때문에 어쩔 수 없이 숍에 가지 못하
고, 집에서 샴푸부터 커트까지 혼자 해주느라 땀범벅이 되
었었다. 그때는 정말 힘들었는데, 하나가 깔끔하게 '네네, 트
리밍 말이죠. 할게요. 자, 그러면 언제 어디서?' 이런 태도로
나오니 왠지 힘들어했던 이면에 숨은 본심이 느닷없이 불쑥
얼굴을 내미는 것 같다.

　잘 생각해보면, 밤에 TV 소리를 라디오 삼아 들으며 테이
블 위에 하나를 올려놓고, 끝이 뭉툭한 작은 가위로 하나의
얼굴 주변 털을 정리해주는 일이 많았다. 어느 날 저녁에는
리키의 털을 잘라주던 미용 가위를 이용해 본격적으로 하나
의 엉덩이 모양을 정리하거나, 볼록한 네 발바닥 사이 삐죽
자란 털을 미니 전기이발기로 깎아주기도 했다. 이 이발기

도 리키의 유품이다. 줄곧 그래왔기 때문에, 사실 하나의 털은 일정한 길이를 유지하고 있어 굳이 트리밍을 하러 갈 필요도 없다. 브러시질은 아침저녁으로 두 번 해주고, 건조해지기 쉬운 하나의 앞발 발바닥에 클리너를 발라주는 것도 언젠가부터 일과가 됐다. 이것들도 그저 좋아서, 전혀 힘들이지 않고 무의식적으로 하고 있다.

하나를 샴푸시키는 것도 솔직히 말하자면 즐겁다. 어쩌면 그때의 내 감정은 '인형놀이'를 하는 기분일지도 모르겠다. 샴푸 후 드라이어로 하나의 털을 말리는 것 역시 들뜬 기분으로 하고 있다. 하지만 발톱을 깎거나, 귀 청소를 하거나, 항문샘을 짜는 일은 리키 때부터 서툴렀고 익숙해지지도 않아서, 이것들은 전문가에게 부탁하고 있다.

그래서 찾아간 펫클리닉에서, 나는 하나의 체중이 3킬로그램이라 이제 대형견에 속한다는 사실을 알게 되었다. 두 달 전에는 2.8킬로그램, 한 달 전에는 2.9킬로그램, 100그램씩 착실하게 늘어난 것이다. 이날이 오는 것을 나는 두려워하고 있었다. 클리닉 의사 선생님은 3킬로그램이 된 하나에게 말했다.

"이제 이 정도까지만 하자."

네, 하고 나는 마음속으로 대답하며 고개를 끄덕였다.

이렇게 될 걸 알고 있었다. 알면서도 나는 하나와 함께 거의 매일 바닐라 맛 아이스크림 470밀리리터 반 통을 먹어치웠다. "자, 하나 짱 한 입, 엄마 한 입" 하면서. 체중이 조금 늘면 체력도 길러지지 않을까, 하나가 아니라 나 자신을 위해서 한 일이었고, 그 결과 하나만 살이 쪄버렸다.

문제는 내가 살이 찐 개나 고양이를 싫어하지 않는다는 것이다. 지금까지 함께 살던 개들의 체중은 언제나 개 전용 체중계를 사용해 관리했기 때문에 한 번도 비만이 된 적이 없었다. 하지만 사실은, 개들의 건강이다 뭐다 유난은 집어치우고 토실토실 살이 오르는 걸 지켜보고 싶은, 대사증후군에 걸린 개의 부드럽고 따뜻하고 볼록한 배를 만지고 싶은 내 본능적 욕구라고 할까, 비이성적 행동이라고 할까, 악마의 속삭임이라고 할까, 이런 목소리가 마음 깊은 곳에 늘 있었다.

그러나 일단 살이 찌면 다시 정상 몸무게로 돌아가는 것이 너무나 어렵다. 당연한 사실이다. 주위에 다이어트로 고민하는 사람들이 한 무더기여서, 인간조차 이런데 개를 다이어트 시키는 건 극강의 어려움이라는 것도 잘 알고 있다. 그러니 살이 찌지 않게 미리 조심하는 것이 하나에게도, 나에게도 가장 좋은 방법이다.

하나를 데려온 지 얼마 안 됐을 때, 나는 집 근처 철물점에서 클래식한 저울을 사왔다. 눈금이 100그램마다 그려져 있고 4킬로그램까지 잴 수 있는 저울로, 리키가 쓰던 것과 같은 형태다. 옛날 야채가게 같은 곳에서 자주 보던 그런 저울이다. 그동안은 하나를 매일 이 저울에 올려 체중 체크를 했지만, 매일같이 아이스크림을 먹어대기 시작하면서 나는 이 저울의 존재를 의식 저편으로 밀어냈다. 그저 하나와 함께 바닐라 맛 아이스크림을 먹으며 즐거워했다. 그리고 예상한 바대로 의사 선생님께 잔소리를 듣고 말았다.

"이제 이 정도까지만 하자."

그제야 나는 정신이 돌아왔다.

그날 이후, 얼마 동안 아이스크림은 먹지 않았다. 하나가 먹지 않았다는 건, 나도 먹지 않았다는 것이다. 밥은 하루 세 번 조금씩 양을 줄여서 주었다. 덕분에 하나는 3킬로그램을 넘지 않는 체중을 유지하는 데 성공했다.

하지만 그리 멀지 않은 때, 하나와 한 번 더 바닐라 맛 아이스크림에 탐닉할 날이 오리라고, 나는 생각한다. 분명히 온다. 나빠, 안 돼, 그러지 마, 하고 머릿속으로는 알고 있으면서 도저히 그렇게 하지 않고는 배기지 못하는 이 성격. 10대 시절부터 쭉 그랬다. 다른 사람이 비난하며 그만하라고 할 걸 알고 있으면서도 나쁜 짓을 멈출 수가 없었다. 아주 작고 옹졸한 나쁜 짓을.

밖에 나가는 게 즐거운 계절이다. 하나의 산책은 하루 두 번이 되었다. 오전과 오후를 합해 세 시간 가까이 밖에서 보낸다. 그렇다고는 해도 하나가 자기 발로 걷는 것은 주 1, 2회. 나머지는 나에게 안긴 채로 걷는 '안겨서 산책'이다.

덕분에 이 여름, 나는 볕에 그을었다. 일단 선크림을 바르거나 차양이 넓은 모자를 쓰고는 있지만, 여름날 서너 시간 밖을 돌아다니다보면 햇볕에 타지 않을 도리가 없다. 밤에 화장을 지우면, 지금까지 본 적 없는 검게 그을린 피부가 드러나 깜짝 놀라곤 한다. 얼마 전 구입한 짙은 빨간색 립스틱이, 바를 때마다 점점 옅은 색으로 변해간다. 내 피부의 어두움이 립스틱의 빨강을 톤 다운시키고 있는 것이다.

많은 여성들이 '흰 피부'를 중요하게 여기지만, 예순한 살인 나는 이제 그런 건 어찌 되든 상관없다. 나도 흰 피부를 중요하게 생각하던 시절이 있었지, 하고 텔레비전 화장품 광고를 볼 때마다 감회가 새롭다. '흰 피부'라는 단어는 나의 경우, 연애라든가 남자관계와 연결되어 있다. 그리고 '연애'와 '남자관계'라는 단어는 또 다른 단어와 덩굴처럼 연결돼, 혼자 하는 연상 게임은 끝없이 이어진다. 그러다보면 언제나 "아아, 이제 지쳤다"라는 한숨 섞인 혼잣말을 뱉고는 연상 게임을 끝내고 만다.

요전번에 나는 "도도 씨의 연애관을 들려주세요"라는 말을 듣고, 솔직히 질문한 요지가 바로 머리에 전달되지 않아 멍하니 있었다. 그런 질문을 예순한 살인 나에게 하는 것 자체가 믿기지 않아서, 순간 마음속에서 뭐지? 하고 되묻고는 몇 초간 난처해지고 말았다. 몇 초의 침묵이 지나도, 나는 답해줄 말이 떠오르지 않았다. '연애관'이라고 하는 어휘 자체가 10년 전부터 내 일상에서 사라져버렸기 때문이다.

대신 '아이'라는 단어가 최근 내 주변을 민들레 홀씨처럼 어지러이 날아다니고 있다. 뭐 별다른 건 아니고, 작은 개를 안고 멍하니 공원에 앉아 있는, 몸집이 작은 노파에게는 반드시 아이들이 다가오거나 무리를 지어 둘러싼다는 걸 체험상 알게 된 것이다. 아이들은 정말 성가실 정도로 허물없이 이야기를 건넨다. 컨디션이 좋을 때나 기력이 충분할 때는 이것도 아직 배우지 않은 인생 수업의 하나인가, 하고 마음 좋게 아이들을 상대할 수 있지만, 그 반대의 경우에는 참으로 힘이 든다. 그럴 때는 아이들이 모여들 만한 시간대와 장소에는 나가지 않으려고 한다.

처음에는 아이들이라는 존재가 마냥 신기해서 성실하게 상대해줬다. 하지만 손자와 할머니에 가까운, 거의 반세기 나이 차에도 불구하고 그 둘 사이에는 궁합이라는 성가신 존재가 있다는 냉철한 사실을 알게 되고부터는 "아이들이란 정말 귀여워"가 입버릇인 선량하고 순박한 할머니 흉내는 내지 않기로 했다.

아이들 중에도 뻔뻔스러운 아이와 그렇지 않은 아이가 있고, 상대를 배려하는 아이가 있는가 하면 아닌 아이가 있다. 어리니까 무엇이든 용서받을 수 있다고 자만하는 아이도 있고 아닌 아이도 있으며, 내가 안고 있는 하나를 앞에 두고 "저기, 강아지 한번 만져봐도 돼요?" 하고 예의 바르게 인사를 건네는 유치원생들이 있는 반면, 말 한마디 없이 더러운 손을 불쑥 내밀어 하나를 거칠게 움켜쥐려는 초등학생이나 중고등학생도 있다.

우리 집 현관 앞에서 걸어서 1분 거리에 어린이 공원이 있다. 하나를 안고 하루에 한 번은 들르는데, 이곳은 오후 세 시가 넘으면 초등학생들로 붐빈다. 아이들은 자전거를 타고 주변을 돌거나, 술래잡기를 하거나, 축구공을 쫓거나 한다. 출산율이 점점 낮아지고 있다는 말은 거짓말이 아닐까 생각될 정도로 개미 떼처럼 몰려 있다.

하나가 처음으로 산책을 나간 봄, 이 공원에 갈 때마다 아이들이 끈질기게 따라붙어서, 나는 질린 나머지 아이들이 많은 시간대에는 가능한 한 이곳을 피하고 있다. 그래도 하나를 안고 멀리까지 산책을 나가 한 바퀴 돌고 집 근처에 도착하면, 다섯 번에 한 번은 이곳의 나무 그늘 아래 벤치에서 한숨을 돌리게 된다. 오늘도 그렇게 하나를 안고 벤치에 앉아, 걷느라 지친 다리를 쉬고 있자니 공을 차던 활기 넘치는 남자아이 대여섯 명이 우당탕거리며 다가왔다. 그중 한 명이 말을 건넨다.

"오랜만이네. 하나 짱."

봄에 몇 번인가 이곳에서 만난 아이다. 자기도 집에서 개를 키우고 있다는, 개를 좋아하는 소년 A였다. 초등학교 5학년이라고 했는데, 5학년치고는 키가 크고 통통한 체형이다. 나는 그 몽실몽실한 모습을 몰래 마음에 들어 했다. 비슷한 체형을 가진 소년과 친구들은 공원에서 볼 때마다 야구나 축구나 술래잡기를 하며 어쨌든 쉴 새 없이 몸을 움직였다.

내가 앉은 벤치로 몰려든 소년들 중 몇 명은 앉고, 다른 몇 명은 벤치를 둘러싸고 섰다. 소년 A를 흘깃 본 나는 무심코 말했다.

"키 컸네?"

"네."

"멋지네. 못 만났던 서너 달 사이에 이렇게나."

키가 커진 만큼 통통했던 몸이 슬림해져서 보기에 따라서는 핸섬해졌다고 할 수도 있지만, 나는 왠지 실망했다.

"있잖아요. 며칠 전 학교 운동회에서요. 이 녀석이 기마전에서 여섯 번이나 상대를 이겼어요."

이렇게 말한 건 통통 소년 A의 쌍둥이 형제인가, 하고 내가 멋대로 상상한 통통 소년 B였다.

"와, 여섯 번이나. 대단한데."

내 말에 통통 소년 A가 조심스럽게 덧붙였다.

"마지막에는 6학년이랑 싸워서 졌지만……."
"6학년이니까, 몸집도 컸거든요."

통통 소년 B가 친구를 배려하며 말했다. 나도 소년 A를 치켜세워주었다.

"여섯 번이나 이긴 것도 대단한 일이야."

나와는 초면인 소년 C가 이야기에 끼어들었다. 피부는 희지만 다부진 몸에 역시 키도 컸다.

"이 강아지, 몇 살이에요?"
"막 한 살 됐어. 그 전에 키우던 개는 작년에 죽었단다. 열다섯 살이었거든."
"열다섯 살? 우리보다 나이 많았네."
"진짜. 진짜 그러네……."

소년 B가 소년 C를 놀리듯 말했다.

"봐요. 이 녀석 주근깨 진짜 많죠?"

순간적으로 나는 C를 감싸주었다.

"있잖아. 주근깨가 있는 사람은 대체로 피부가 정말 예쁜 사람이 많아. 봐봐, 얘도 투명할 정도로 피부가 하얗잖아."

소년 C가 나에게 감사의 눈빛을 보냈다.

"한 달에 한 번씩 운동회 하면 좋을 텐데."

소년 중 누군가가 말했다. 체육을 무척이나 좋아하는 사람의 발언이다.

"공부는 다들 어때?"라고 무심코 내가 한 질문에, 모두가 갑자기 눈을 내리깔고 입을 다문 채 대답이 없다.

"그래, 공부에는 별로 흥미가 없구나."

"……"

"그래도 운동은 모두 잘하지?"

소년들은 갑자기 고개를 들고 얼굴을 빛내며, 내게 웃어

보인다. 그리고 "좋아, 하자, 하자"라는 소년 A의 목소리와 함께 다시 한 번 공원의 넓은 터로 달려나갔다.

체육을 좋아하는 통통 소년 A는 첫 대면부터 왠지 마음이 맞아서 공원이 아니라 집 근처 길에서 만나도 멀리서부터 말을 걸어오곤 했다. 소년들은 나름대로의 배려와 예의로, 나를 아주머니나 하나 짱의 엄마라고는 불러도 '할머니'라고는 한 번도 부른 적이 없다.

소년들을 만나 오랜만에 떠오른 사실이 있다. 초등학생 무렵부터 나의 남자 취향은, 창백한 인텔리 타입이 아니라 운동을 좋아하는 조금은 바보스러운 타입이었다. 내가 허약한 체질이라 스포츠를 잘하는 소년을 동경한 것도 있고, 아버지가 불평불만을 늘어놓으며 끝없이 궁시렁대는 성격이었던 게 어린 마음에도 질릴 정도로 싫어서 '산뜻하고 깔끔하고 심플한 성격'의 남자가 좋았다. 초등학생 시절의 '산뜻하고 깔끔하고 심플한' 남자란 대체로 사랑할 수밖에 없는 바보 같은 타입으로, 공부에는 흥미가 없다. 이런 남자들을 좋아하는 경향은 꽤 오래 지속되었다. 모범생 타입이나 예능계 타입에는 관심도, 흥미도 없었던 나의 10대였다.

저 소년들은 아직 사춘기가 오지 않아서 비슷한 나이대의 소녀들을 상대하는 것보다 예순한 살의 할머니 옆에 있는 것이 즐겁겠지만, 1년 후 지금쯤이면 아마도 멀어져 있을 것이다.

하나를 안고 멍하니 시간을 보내는 작은 공원은 다른 곳에도 몇 군데 있는데, 그중 한 곳은 유치원에 근접해 있다. 오전 중에 그곳 벤치에 앉아 있으면, 유치원 선생님을 따라온 아이들이 그야말로 민들레 홀씨처럼 공원 내에 마구 흩어져 있다. 하나에게 홀려 내 옆에 오는 아이들도 꼭 몇 명은 있는데, 이때는 여자애들이 많다. 얼마 전에도 '니지카'라는 명찰을 가슴에 단 아이가 물었다.

"나, 네 살. 할머니는 몇 살?"

"육십한 살이야."

네 살짜리 여자아이는 눈을 휘둥그레 뜨며 깜짝 놀랐다.

"육십하나…… 진짜 나이 많다."

"그렇겠지, 네가 느끼기에는."

"약해 보여, 왠지."

네 살 아이의 눈에도 약해 보이는 예순한 살의 나. 갑자기 그런 말을 들으니 나도 당황해서 할 말을 잊어버리고 말았지만, 좀 더 자세히 "어디가 약해 보이니?" 하고 물어볼걸 그랬다며 뒤늦게 후회했다. 몸인지, 머리인지, 아니면 얼굴인지. 아니면 전체적으로 다 그런가?

알고 지내는 부부의 권유로 대만식 마사지치료원에 다녀왔다. 대만식 마사지란 다리 뒤쪽을 세게 문질러 혈액이나 림프의 순환을 좋게 만드는 마사지법이다. 이번 방문이 세 번째. 오픈된 공간이라 마사지를 받으면서 다른 환자들이 마사지를 받는 모습도 볼 수 있다. 중년과 노년층이 많은데,

모두 마사지를 받을 때면 "아야아야" 하고 신음 소리를 낸다. 나 역시 최근 몸 상태로 보면 달아나고 싶을 정도로 아프다 해도 이상한 일은 아닌데, 또 꼭 그렇지만도 않다. 마사지를 받을 때야 아프지만 받고 나면 푹 자게 돼 몸이 한결 가뿐해진다.

내 경우는 몸 상태가 안 좋아진 게 식도암 수술 이후 보통 사람의 3분의 1 사이즈가 된 위가 금방 지쳐서라고 들었다. 그래서 다리 마사지 후 전신 마사지를 받을 때면, 등을 눌러 위의 뒤틀림을 좀 풀어달라고 부탁한다. 그러면 바로 편안해진다. 한동안 일주일에 한 번씩 다녀볼 생각이다.

바이러스성 현기증도 20년 전부터 나를 괴롭힌 증상인데, 1년 전 여름 발라시클로버Valaciclovir라는 항바이러스제를 만나 드디어 현기증의 공포에서 벗어나게 됐다. 하지만 이 약은 자칫하면 위를 약하게 만들 수 있어 위약과 함께 먹도록 처방받고 있다. 그렇게 해도 몸 상태에 따라 위가 좋지 않을 때가 있지만, 현기증의 괴로움을 생각하면 약을 먹는 편이 낫다.

내게 생명의 동아줄이라 해도 과언이 아닌 발라시클로버는, 현재 일본에서는 현기증 치료제 보험이 적용되지 않는다. 이 치료법을 발견한, 삿포로에 사는 의사 시치노에 미쓰오(《현기증은 나을 수 있다!》 저자) 씨와 나는 후생노동성(일본의 행정기관. 우리나라의 보건복지부, 식품의약품안전처, 고용노동부에서 담당하는 일을 한다)이 하루빨리 이 약을 인가해주길 목이 빠지게 기다리고 있다. 시치노에 씨는 일흔아홉 살로, 얼마 전에도 병원에 약을 처방받으러 갔을 때, 시력이 너무 나빠져서 진료기록에 쓰인 작은 글자를 읽기 힘들다고 말했다. 시치노에 씨가 조금이라도 건강할 때 인가가 내려진다면 지금까지의 고생도 보상받을 텐데, 하고 나답지 않은 기특한 생각을 진심으로 하고 있다. 현기증과 항바이러스제를 연결시킨 계기는 시치노에 씨의 딸이 열다섯 살에 백혈병 판정을 받아, 아버지로서, 그리고 의사로서 어떻게든 딸을 구하고 싶은 마음에 연구를 거듭하는 과정에서 발견했다고 한다. 유감스럽게도 딸은 세상을 떠나고 말았지만, 나 같은 현기증 환자는 그의 연구 덕분에 얼마나 구원받았는지 모른다.

마사지나 지압은 회사원이었던 30대 중반부터 받아서 내 체질에 맞는다는 걸 경험으로 알고 있었다. 감기에 걸렸을 때도 마사지 한 번으로 좋아지곤 했다. 30대 중반과 예순한 살인 지금은 체력적으로도 꽤 변화가 있고, 옛날 같은 효과를 기대할 수 없는 게 당연한 일이지만, 그래도 아무것도 안 하는 것보다는 낫다고 생각한다.

한 살 한 살 나이가 들면서 몸 여기저기가 덜거덕거리고, 그런 상태가 한 달 내내 지속되면 살아 있는 것이 진심으로 싫어진다. 병이라고 부를 정도는 아니지만 늘 몸의 상태가 좋지 않은 것이, 다름 아닌 '나이 듦'의 징후일 것이다.

나이 든 사람들 중 "몸에 좋은 건 뭐든지 하고, 식생활도 신경 쓰고, 적당한 운동도 하는데 왜 건강해지지 않는 거야?" 하고 한숨을 내쉬는 사람을 최근 적잖이 본다. 자신의 나이를 잊고 있는 것이다. 나이를 생각하면 몸에 두서너 가지 이상이 생기는 게 당연한데, 자신의 나이를 잊고 있는 것 그 자체가 내가 보기에는 '나이 듦'이다. 상대에게 맞춰주기 위해 작은 머리를 갸우뚱 기울이며 "왜일까요? 어떻게 된

일일까요?"라고 답하는 대신 "그건 나이 때문이에요. 어쩔
수 없죠"라고 말해버리는 나는, 거북한 사람 취급을 받고,
미움을 받는다. 하지만 말하지 않고 가만히 있을 수는 없다.
현실을 똑바로 보세요. 그러기 위해 나이를 먹은 게 아닌가
요, 라는 생각이 들기 때문이다.

나는 조화로운 삶을 꿈꾸며 산다

얼마 전, 작은 모임에 초대받아 나갔다. 거기서 20년 만에 그리운 인물과 재회했다.

"내일 나 환갑이야."

이렇게 말하는 R씨와는 꽤 오래 알고 지낸 사이다. 알고 지냈다고는 해도 개인적인 관계는 아니고, 삿포로에서 출판이나 편집 등 글을 다루는 직업을 가진 사람들이 모인 자리에서 몇 번 마주친 정도지만. R씨가 나보다 한 살 적다.

기억이 가물가물하지만, 처음 R씨와 만난 건 둘 다 20대 쯤이었던 것 같다. 주변의 동년배들은 대체로 작가가 되길 희망하고 있었는데, R씨는 당시부터 편집자나 관리자로서의 발상과 행동을 보여주었다. 20대로서는 드문 타입이었다. 상대가 누구든 거리낌 없이 툭툭 말을 내뱉는 R씨는, 젊은 시절의 나에게는 조금 대하기 어려운 존재였다. 사실 젊은 시절의 나는 R씨뿐 아니라 목소리가 크거나 위압감을 주는 타입의 남성은 모조리 대하기 힘들었기 때문에, R씨가 특별한 경우는 아니었다. 문제는 내 마음의 미숙함이었다. 그런 나의 미숙함을 모르는 그는, 언제나 나를 발견하면 황새처럼 빠른 걸음으로 다가와 넉살 좋게 툭툭 던지듯 말을 건넸다. 그런 R씨가 나는 왠지 모르게 두렵기도 했다.

그러나 시간이 흐르고 환갑을 앞둔 나이가 된 R씨를 만난 예순한 살의 나는 더 이상 기가 꺾이지 않는다. 아니, 여기서 그런 일로 기가 죽는다면 오히려 "너, 무슨 교태를 부리는 거야? 새침데기처럼" 이런 말이나 듣게 될 것이다. 어느덧 그런 모습을 보이면 어울리지 않는 나이가 된 것이다.

20대부터 체격 좋은 훈남이었던 R씨는 그때의 멋진 모습을 그대로 간직한 채 노년이 되었다. 큰 키에 넓은 어깨 하며 쇠하거나 여윈 기색이 전혀 없고, 풍성하고 숱 많은 머리카락도 색깔만 보기 좋게 회색이 더해졌다. 분명히 노년 남성들의 선망의 대상이리라.

　그건 그렇고, 대화를 나누다 놀란 점은 R씨의 말버릇은 옛날 그대로인데, 그것이 내 귀에 전혀 툭툭 내뱉는 듯 들리지 않는다는 것이었다. 스트레이트로 내뱉는 시원시원한 말투가 오히려 듣기 좋다. R씨는 변하지 않았다. 변한 것은 내 쪽이다.

　"미안하네요."

　나는 전후 맥락 없이 돌연 사과를 했다.

　"네?"

　"줄곧 당신을 오해하고 있었던 것 같아요."

"흠."

그 이상의 추궁은 하지 않는 것이 R씨의 현명함이자 좋은
점이다. 무언가를 쓰는 인간의 엉뚱한 언동, 충동적인 발언,
지리멸렬한 발상 등에 익숙해져 있어서 이해해주는 것이다.
잠깐 이야기를 나누는 동안, R씨에게 열 살 연하의 부인이
있고 그 부인이 아직까지 풀타임으로 일을 한다는 것, 그리
고 대학생 아들 하나가 있다는 것을 처음으로 알게 되었다.
그만큼 젊은 시절에는 서로의 사생활에 대해서 관심도, 흥
미도 없었다.

R씨는 출판 관련 회사를 차려 편집, 기획 일을 30년 이상
외롭게 이어왔지만 불황으로 광고 수입이 끊겨, 요즘은 친
구가 사장으로 있는 편의점에서 사원으로 일하고 있다고 한
다. 웃으면서 자신의 이야기를 스스럼없이 들려주는 그의
센스와 용기에 나는 내심 탄복했다.

"우리 집사람도 나가서 일하니까 나도 어떻게든 해야지. 이

거라도 안 하면 자칫하다가는 홈리스가 될 판이라니까. 진
짜로."

"……그렇구나."

"그래도 가끔은 이런 생각이 들어. 이 나이가 돼서, 내 인생
이 이런 것이었나, 이 정도로 끝나는 것인가 하고."

담담한 말투에는 오기나 자위의 뉘앙스가 전혀 없어서,
오히려 나의 마음에 전해졌다. 지금 R씨는 대단히 정직하고
숨김없이 이야기하고 있다, 라는 기분이 들었다.

예전에 나보다 훨씬 선배인, 남몰래 존경했던 여성 작가
가 에세이에서 '노년을 맞은 대부분의 사람들이 자신의 인
생은 실패했다, 혹은 충분히 보상받지 못한 채 끝나고 있다,
라고 느끼면서 살아간다. 삶이란 그런 것이다'라고 쓴 것을
읽은 적이 있다.

아마 그때 나는 40대였을 것이다. 과연 나이를 먹으면 그런 생각이 드는 건가, 하고 생각하면서도 전혀 실감이 나지 않았다. 그저 그 문장만이 기억에 새겨져, 어떤 박자에 되살아나 내 머릿속을 안개처럼 천천히 한 바퀴 돌고는 다시 어딘가로 돌아가길 줄곧 반복해왔다.

요 몇 년 사이 자살하는 사람이 늘고, 그중 많은 수가 중년, 노년 남성이라고 한다. 내 주변을 둘러봐도 자살한 친구나 지인 모두가 남성이다. 그리고 모두 40세를 넘겼으며 자살의 원인도 거의 비슷하다. 일이 생각처럼 되지 않는다는, 즉 금전적인 문제다. 그리고 병. 그 병이 만성적이고 치료에 시간과 돈과 끈기가 필요한, 하지만 그냥 뒀다간 목숨과 관계되는 종류의 병이라면, 그만 맥이 탁 풀려 죽음에 빠르게 가까워지고 만다.

아직까지 주변에 여성 자살자는 없지만, 남편을 먼저 떠나보내고 혼자 사는 중노년층 여성들의 빈곤화는 빠르게 진행되고 있어, 이 경우 상황은 다시 어떻게 변할지 모른다.

빈곤화 현상을 생각지 않은 곳에서 목격하는 경우도 있

다. 하나와 산책을 하노라면 지은 지 50년에서 60년은 돼 보이는, 겉보기에도 노후화된 아파트를 맞닥뜨릴 때가 있다. 바로 얼마 전까지 비어 있던 집의 현관문 앞에, 막 이사 온 듯 박스들이 쌓여 있고 그 집 현관이나 창문에서 언뜻 사람의 모습이 비치면 약속이나 한 듯이 할머니들이다.

그 나이에 그렇게 바람이 드는 아파트에서 살아가는 것은 몹시도 힘들 것이다. 특히 삿포로의 겨울은 춥다. 생판 남이 보기에도 걱정이 될 정도로 낡아빠진 아파트에, 고령의 여성들. 게다가 현관문 앞에 아무렇게나 놓인 물건들, 집에 채 들여놓지 못해 쌓아둔 짐에서, 깔끔하게 관리된 앞마당에 놨던 걸로 보이는 흰색 가든 체어를 발견하면, 나는 무심코 탄식을 뱉고 만다.

틀림없이 인생에서 가장 좋은 시절의 좋은 추억이 저 새하얀 가든 체어에 깃들어 있을 것이다. 하얀 지붕의 집, 푸릇푸릇한 잔디, 아이들도 무사하게 성장해 손이 가지 않게 되고, 드디어 남편과 단둘이 해외여행을 갈 수 있는 시기를 맞이했다…… 라고 생각한 기간은 얼마나 될까, 10년이나 20

년 정도였을까. 아무튼 남편과 사별하기 전까지는 생활에 큰 걱정 없이 인생을 즐기고 있었으리라. 그런 추억이 더럽혀지지 않고 그대로 남아 있는 가든 체어. 그러니까 이사를 할 때도 버리지 못했던 것이다. 버리지 못한 그 기분을 잘 알겠다. 누군가가 무심코 버린다면 몰라도 직접 제 손으로 버리지는 못하는 것이다.

나는 아주 젊었을 때 6년간 결혼 생활을 하긴 했지만, 아이를 낳은 적도 없고, 이미 35년 이상 혼자 살았다. 그들의 삶을 100퍼센트 이해할 수는 없지만 돌아가신 어머니가 한눈팔지 않고 열심히 전업주부로 살아온 탓인지, 하얀 가든 체어를 버리지 않은 나이 든 여성을 보면 무심결에 돌아가신 어머니와 겹쳐 보여 이런저런 생각이 떠오르고 만다. 어머니도 하얀 가든 체어를 자신의 손으로는 버릴 수 없는 타입이었다. 게다가 예전에 살았던 집에서 낡은 아파트로 이사할 수밖에 없게 되었을 때도 살던 집의 사진을 기념으로 소중히 보관하고 있었다. 그리고 항상 살그머니 꺼내 보며, 이런 좋은 시절도 있었지, 하고 스스로를 자랑스러워했다.

어제도 하나와 산책을 하다가 낡은 아파트의 현관 앞에 무료한 듯 오도카니 앉아 있는 할머니를 보고, 나는 갑자기 침울해지고 말았다. 저런 모습으로 있었을지 모르는 내 어머니, 그리고 지금 나 자신의 모습을 보는 것 같아서.

무슨 일 있어요, 엄마? 하고 말하고 싶은 듯 눈을 치뜨며 나를 올려다보는 하나에게, 대답할 기운도 없어 리드줄을 잡고 터벅터벅 걷고 있었다. 그때 갑자기 말을 건네는 목소리가 들렸다.

"안녕하세요."

깜짝 놀라서 고개를 드니 오도카니 앉아 있던 할머니 말고 울타리에 기대 있던 또 다른 할머니였다. 백발에 담배를 물고 있었는데, 나와 비슷한 나이로도 보이고 훨씬 연상으로도 보이고 어쩌면 연하여도 전혀 이상하지 않은, 아무튼 할머니임은 틀림없는데 나이는 짐작이 안 되는 타입이었다. 파마를 한 머리칼을 귀 뒤로 넘겨 늘어뜨린 헤어스타일에 클래식한 두꺼운 안경을 썼는데, 그 뒤의 눈이 장난스럽고 친근하게 웃고 있었다. 빛깔과 무늬가 분명치 않은 칙칙한 블라우스와 스커트에는 오랜 세월이 깃들어 있었다. 그녀의 등 뒤에는 낡은 2층 아파트가 있고, 상하 계단 옆으로 세 개씩 현관문이 있었다. 1층 좌측의 문이 열린 걸 보면 아마 그곳에 사는 것 같았다.

할머니는 후, 하고 담배 연기를 뿜어냈다.

"미안. 갑자기 불러서 놀랐어요?"

발랄한 목소리가 밝고 크다. 역시 나와 나이가 비슷할 것 같다는 생각이 들었다.

"아뇨, 전혀……"

대답하는 내 목소리가 안타까울 정도로 작아서 스스로에게 짜증이 났다.

"귀여운 강아지네요."

"고마워요."

"몇 살?"

"한 살 하고…… 음, 몇 개월 더 된 여자애예요."

"귀엽네요. 눈이 똥그래서. 미인이에요. 사람들이 많이 얘기 하죠? 재주 많을 것 같다고."

"네, 뭐, 그럭저럭요."

"가까이 살아요?"

"네…… 아, 아니, 여기서 걸어서 20분 정도 걸리는 곳이긴 해요."

"아, 그렇게 걸어야 하는구나, 요 꼬맹이가."

"아뇨, 걷는 걸 싫어하는 애라서. 그래도 오늘은 기분이 좋은지 좀 걸었네요. 아마도 날씨가 마음에 들었나봐요. 오늘 이렇게 많이 걸었으니 내일부터 일주일 정도는 걷지 않으려고 할 거예요."

"안 걷는다고요? 개가?"

"네, 밖에 나오는 건 정말 좋아하는데, 제가 안는 조건으로

요. 자기 발로 걷는 것은 일주일에 한두 번 정도예요."

"아, 강아지도 여러 타입이 있네요…… 아아, 미안해요. 산책
하는 데 방해가 됐네요."

"그럴 리가요."

"최근에 여기 이사 왔는데 아직 이것저것 신기해서 여러 사
람한테 말을 걸게 되네요. 좋네요, 이 동네. 기뻐서 나도 모
르게."

"저도 4년 전에 이사 왔어요."

"그렇구나. 또 길에서 만나면 인사해도 될까요?"

"그럼요. 언제든지요."

"고마워요. 말 상대가 되어줘서. 강아지도요."

　따뜻하고 즐거운 기분으로 헤어졌지만 그 뒤로 한 달 동
안은 그녀와 다시 만나지 못했다. 울타리가 있는 아파트 옆
으로도 지나가봤지만, 그녀가 사는 곳이라고 짐작했던 1층
왼쪽 집은 최근에는 아무래도 사람이 살고 있는 기척이 없
었다. 나와 만나 대화를 나눈 뒤 그녀의 신변에 무슨 일이

생긴 것인지도 모른다.

나이가 들수록 그런 일도 있을 수 있다고 생각하지만, 역시 쓸쓸한 것은 쓸쓸한 것이다. 그런 유의 쓸쓸함도 하루하루 살아가다보면 언젠가 자연히 익숙해지고 대수롭지 않게 여겨질 날이 올까.

그러고 보니 병과 빚으로 괴로워하다 자살한 동년배 지인의 장례식에서 나눴던 대화가 떠오른다. 자살한 사람은 역시 남성이었다.

"죽을 일은 아니지 않나……"

작은 목소리로 그렇게 중얼거리는 나에게, 옛날부터 그를 알고 지낸 남자 친구들이 목소리를 죽여 말했다.

"하지만 그 녀석이 앞으로 살아간다고 해도 좋은 일은 하나도 없잖아. 돈에 쫓기고, 병에 괴로워하고, 게다가 젊지도 않으니까 일도 구할 수 없을 테고. 그래도 살아 있는 게 낫다고, 나는 녀석에게 말할 수 없었어. 차라리 죽으면, 그러면 한 번에 괴로움에서 해방되는 거잖아."

그렇다. 분명히 나도 그런 말뿐인 격려는 하지 못했을 것이다. 그리고 자살한 그는 가장 최후의 순간, R씨가 말한 것과 비슷한 혼잣말을 마음속으로 했는지도 모른다.

"내 인생이 이런 것이었나. 이 정도로 끝나는 것인가."

R씨와 오랜만에 재회해 그리운 기분과 즐거운 기분이 동시에 들었던 반면, 왠지 묻어두었던 이런저런 감정들도 다시 떠올라 마음이 복잡해졌다. 그래서 길을 걷다 서점에서《클린트 이스트우드 회고록》이라는 이스트우드가 출연한 영화의 스틸 사진과 해설을 담은 커다랗고 무거운 책을 충동적으로 구입해 매일 조금씩 읽고 있다. 흑백텔레비전 시절, 서

부극 〈로우하이드〉에 출연한 그를 보면서 어린 마음에도 우락부락한 카우보이들 속에서 '해사하고 달콤한 얼굴을 가진 미끈한 미남'이라고 생각했었다. 그렇다고 열정적인 팬은 아니었고, 〈황야의 무법자〉도 〈더티 해리〉 시리즈도 큰 관심 없이 흘려보냈다. 그러다 1992년작 〈용서받지 못한 자〉를 보고 단번에 좋아졌고, 3년 후 〈매디슨 카운티의 다리〉를 보고 나서는 진심으로 놀랐다. 원작이 대단히 좋았던 것도 한몫했겠지만, 영화 또한 정말이지 멋졌기 때문에 강렬한 인상을 남겼다. 살림에 찌든 주부 역할을 맡은 메릴 스트립의 연기도 아주 리얼해서 좋았다.

80세인 지금도 현역에서 영화와 관련된 일을 하는 이스트우드는 존재 자체가 우리들에게 용기를 준다. 그러고 보니 그의 전기를 처음부터 끝까지 제대로 읽어본 적이 없단 걸 깨닫고, 다시 한 번 서점에 가서 《클린트 이스트우드, 할리우드 최후의 전설》을 구입해 탐독했다. 다섯 명의 여성과 일곱 명의 아이를 낳았다는, 그의 여자관계가 쓰인 부분에서는 문득 그는 피임을 하지 않는 남자인가, 임신은 모두 여자

책임이라고 생각하는 타입인가, 라며 멋대로 망상과 의심에 빠져들기도 했는데, 근거는 없지만 그 직관적인 의문에 나는 혼란스러워졌다. 이스트우드를 그런 식의 남자로는 생각하고 싶지 않은데…… 커져만 가는 의문은 좀처럼 사라질 줄 몰랐다.

WOWOW(와우와우, 일본의 위성방송국) 채널에서 미키 루크의 영화 〈더 레슬러〉가 방영되어 녹화했다. 〈더 레슬러〉는 DVD로 나오기를 몹시 기다렸고, 올봄 대여점 선반에 꽂혀있는 것을 발견하자마자 빌려와 보기도 했다. 1980년대 〈나인 하프 위크〉에서 위험한 섹시남을 연기했던 미키 루크에게는 별 흥미가 없었지만, 〈더 레슬러〉는 마치 미키 루크의 논픽션 영화 같아서 마음이 머문다. 그 옛날 인기 절정 미남이었다고는 짐작할 수 없을 만큼 살이 찐 몸, 라면처럼 꼬불꼬불한 금발 염색 머리칼에 나의 눈은 못이 박혀버린다.

이 영화를 보는 것은 사실 이번이 세 번째인데도, 마치 처음 보는 것 같은 신선함은 도대체 뭘까? 더구나 볼 때마다 새로운 발견이 있다. 지난번까지는 스트립바에서 일하는 애 딸린 여성이 미키 루크와 좋은 관계라고 생각했지만, 지금 보니 말도 안 되는 생각이었다. 사실 미키 루크는 적당히 이용당하는 공깃돌 같은 존재였다. 더더욱 미키 루크가 불쌍해진다. 그러나 미키 루크는 여성에게 끌려다니지 않는다. 어느 선까지는 다가서지만, 여자의 태도에 뭔가 이상함을 느낀 순간 딱 마음의 문을 닫는다. 이 문을 닫는 방법이 아주 멋지다. 항상 여자에게 치근거리며 살아온 남자에게는 가능하지 않은 쿨함이 있다. 결코 똑똑하게는 보이지 않는 남자의, 그러나 정말 바보라면 결코 도달할 수 없는 인생의 가르침이, 여기서 나타난다.

뚱뚱보 미키 루크가 〈더 레슬러〉에서 연기하는 중년 남자의 비애감이 왜 이처럼 내 마음을 움직이는 것일까. 스스로도 잘 모르겠다.

그저, 입꼬리가 멋지게 올라가는 미키 루크의 불룩한 U자형 입술이 (콜라겐 주사를 맞아서 그런 것인지도 모르겠지만) 주인공의 명랑한 본성이라고 할까, 밝음이라고 할까, 천진난만함을 보여주는 것 같다. 그 입술 형태를 무시할 수 없었던 나는 성형수술로 만든 것인지, 원래부터 이런 모양인지 확인하고 싶어졌다. 그래서 오래된 무크지《외국 남자 영화배우》를 가지고 와 미키 루크의 젊은 시절 사진을 살펴봤지만, 잘 모르겠다. 그의 생년월일도 공식적으로는 1956년이라고 되어 있지만 1950년이라는 설도, 1952년이나 1953년이라는 설도 있다. 이런 어정쩡한 면도 자못 〈더 레슬러〉다워서 정말이지 좋다.

미키 루크의 전기를 찾으러 시내 서점을 돌아다녀보았지만 한 권도 없었다. 〈더 레슬러〉 이외에는 가끔 조연으로 영화에 출연해서, 사람들이 별로 관심을 갖지 않기 때문일 것이다.

클린트 이스트우드와 미키 루크. 두 사람 모두 아주 좋아하지만 역시 나에게는 〈더 레슬러〉 쪽이 한마디로는 정의할 수 없는 감정을 느끼게 한다.

하나를 안고 산책하는 도중에 DVD 대여점에 들렀는데, 이스트우드의 새로운 영화 〈우리가 꿈꾸는 기적: 인빅터스〉가 나와서 곧장 빌려왔다. 모건 프리먼이나 맷 데이먼 등 좋아하는 배우들이 출연해 기대가 컸는데, 보고 나서는 살짝 속은 기분이었다. 좋지도, 나쁘지도 않았다. 이스트우드 특유의 '쓴맛'이 옅어서일까. 뭐 나쁘지는 않았지만 너무 평범하다고 해야 하나. 사실 이렇게 멋지게 표현하는 것도 조금 부끄러워질 정도의 감상이었다.

그럼에도 너는 나의 견연

뉴스에서는 아직도 전국적으로 맹렬한 더위가 지속되고 있다고 보도하지만, 내가 사는 북쪽 도시 '삿포로'는 이제 일일 최고 기온이 30도를 넘지 않는다. 나도 이제야 안심이 된다. 뭐, 그렇다고는 해도 우리 집은 맨션 9층인 데다 동·서·남쪽 3면에 베란다가 있고, 창문을 활짝 열어놓으면 바람이 통하는 구조라 맹렬한 더위라고 한 올해조차 그리 고생하진 않았다. 벽걸이형 에어컨을 달아놓긴 했지만, 이것은 더위에 약했던 리키를 위한 것으로 여름 내내 고작 일주일쯤 사용했을까? 리키는 에어컨을 켜면 찬바람이 나오는 바로 아래쪽으로 부리나케 이동해 안심이라는 듯 축 늘어지곤 했다. 그럴 때면 나는 그 옆에서 에어컨 냉기에 몸을 떨며 어깨를 숄로 칭칭 감쌌다. 에어컨의 시원한 바람을 맞으며 편안한 표정으로 몸을 늘어뜨린 리키가 아직도 눈에 선하다.

여름 더위에 약했던 리키에 비하면 하나는 이상할 만큼 더위에 강하달까, 더위를 인지하는 신체 센서가 불량하달까. 어디에 내놔도 전혀 지치는 기색이 없다. 선선한 집 안에서는 그렇다 쳐도 한낮 뙤약볕이 내리쬐는 길에서도 헤죽거리는 얼굴이다. 더울 때 개들이 흔히 그러듯 혀를 내밀고 헉헉거린 적도 한 번도 없다.

식욕도 넘친다. 그래서 살이 빠지지 않는다. 겉으로는 부서지기 쉬운 장난감 같은 작은 체격이지만, 직접 안아보면 의외로 무게감이 느껴져 주위 사람들을 깜짝 놀라게 만든다. 더위 때문에 잠을 자지 못한다는 말도 하나에게는 있을 수 없는 일이다. 낮이나 밤이나 네 다리를 위로 올리고, 거기에다 배도 완전히 드러낸 채, 여자라면 피하고 싶은 경망스러운 자세로 깊은 잠에 빠진다.

왜 그런 걸까? 무엇 때문에 하나는 여름을 타지 않는 걸까? 살짝 불안할 정도로 혈기 왕성한 하나를 보다가, 한 가지 기억이 떠올랐다. 하나는 남쪽 도시 '후쿠오카' 출신이다. 하나의 4, 5대 조상까지는 후쿠오카에서 살았는데, 생후 2개월이 됐을 때 같은 엄마 배에서 태어난 수컷 강아지와 함께 삿포로의 한 펫숍으로 왔다. 하나와 처음 만난 날, 펫숍 여성 스태프가 이야기해줬던 걸 깜빡 잊고 있었다.

그런가? 하나는 남쪽 지방에서 태어나 더위에 강한 것인가. 유전적으로 더위에 강한 체질로 태어났고, 게다가 그 더위는 규슈 후쿠오카 기준이니 삿포로의 여름, 낮은 온도의 싱거운 더위쯤에는 눈 하나 깜짝하지 않았던 것이 틀림없다.

다른 수수께끼 한 가지도 풀렸다. 사실 감수성 예민한 숙녀, 하나의 마음을 상처 입히기 싫어 한 번도 입 밖으로 꺼낸 적은 없지만, 하나는 죽은 리키와 비교했을 때 털의 숱이 적다. 샴푸를 한 뒤 드라이어로 털을 말릴 때마다 어머, 하는 느낌은 있었다. 리키 때는 털을 말리는 데 엄청 오래 걸렸다.

긴긴 시간 드라이를 해도 여전히 몸 곳곳이 젖어 있어서 샴푸 칠보다 털을 말리는 데 시간이 더 걸리는 게 귀찮곤 했다.

그런데 하나의 경우는 드라이어 스위치를 켠 뒤 거의 바로, 정말이지 눈 깜짝할 사이에 털이 바슬바슬해져 있다. 무서울 정도로 마르는 게 빠르다. 처음에는 기분 탓인가 했다. 드라이어를 켜고는 평소처럼 다른 생각에 젖어 있었다, 나쁜 망상에 빠져 멍해 있었다, 그래서 시간이 흐르는 것도 몰랐던 것이다, 라고 생각했다.

요크셔테리어 강아지가, 물론 털이 많고 적고 차이는 날지언정 이 정도일 줄은 상상도 하지 못했던 것이다. 게다가 리키는 열다섯 살의 노령견, 하나는 겨우 한 살 조금 지난 새파랗게 젊은 개인데 리키보다 털이 적은 현실이라니. 하나의 '엄마'로서 나는 도저히 받아들일 수 없었다. 이 마음은 리키와 하나를 그대로 '인간'에 대입해보면 아마 이해하기 쉬울 것이다. 여든 살 할아버지의 머리숱보다 이제 막 스무 살이 된 여성의 머리숱이 적다는 끔찍한 현실을, 누가 직시할 수 있을까.

그러나 이 털의 밀도 차이도 하나는 따뜻한 규슈 후쿠오카에서, 리키는 추운 홋카이도 삿포로에서 태어난 것을 기준으로 판단하면 납득할 수 있다. 분명히 규슈에 있는 하나의 부모나 그 친족 개들은 모두 털 숱이 적을 것이다. 그래야만 규슈에서 살아갈 수 있었던 것이다. 사실 털 숱이 적다고는 해도 죽은 리키에 비해 그런 것이지, 하나만 놓고 보면 아무도 털 숱이 적다고 생각하진 않을 것이다.

그렇다 해도 올해 여름은 덥다. 삿포로에서 태어나고 자라 한 번도 타지에서 살아본 적 없이 예순한 살을 맞이한 나는, 체질이 북쪽 지방에 맞춰진 탓인지 이런 대단한 더위에는 약할 수밖에 없다. 20대 시절부터 여름이 되면 더위에 질려 식욕도 사라졌던 나다.

최근에는 '더위에 졌다' 같은 조신한 말을 할 나이도 아니란 생각에 스스로의 몸 상태를 제대로 신경 쓰지 않았는데, 깨닫고 보니 어제오늘 식욕이 없어서 변변한 식사를 하지 않았다. 체중계에 올라가보니 3킬로그램이 줄어 있었다. 작년 여름에는 리키가 세상을 떠난 일도 있고, 제대로 식사도

하지 않다보니 5킬로그램이 줄었다. 두 달 만에 체중 5킬로그램이 줄면 몸에 타격이 오지만, 3킬로 정도라면 뭐, 입 밖으로 꺼내 말할 일도 아니다.

　나이가 들면서 가오리처럼 미끈하고 평평한 체형이 되는 것은 아버지를 닮았다. 어린 시절부터 단 것을 잘 먹지 못하고 매운 것을 아주 좋아했다. 특히 후추의 매운 맛을 좋아하는 것은 아버지의 유전자를 쏙 닮았다. 허리부터 다리, 즉 하체가 아버지의 체형과 똑 닮았다는 것을 깨달은 건 20대 초반이었다. 신체적인 부분은 아버지, 성격이나 멘탈은 어머니를 닮았다. 싫을 정도로 완전히 반반을 물려받았다.

　냉정한 성격과 무례할 정도로 개인주의적인 성향은 어머니 쪽 중에서도 외할아버지와 닮은 듯하다. 하지만 나는 외할아버지를 좋아했기 때문에 그런 말을 들어도, 단점을 지적받았다는 걸 알면서도 괜스레 기뻐지곤 했다. 친할머니도 좋아했지만, 친할머니는 70대 후반에 자살을 하셨다. 왜 그런 선택을 했을까. 20대 당시에도, 예순한 살인 지금도 나는 고개를 갸웃거린다. 할머니는 농부였지만 평생 배짱이나 씩

씩함을 갖진 못했던 사람이었다. 어린 시절의 나에게는 그 것이 상냥함으로 비쳤다. 딱 한 번 있었던 일이지만, 아버지 가 불합리하게 나를 괴롭힐 때 감싸준 유일한 사람이기도 했다. 그때 할머니는 어쩌다 우리 집에 놀러 왔었는데, 아들 인 아버지를 제쳐두고 내 편을 들어줘서 매우 감동했던 기 억이 있다.

□□□□

맹더위에 시달리는 요즘, 하나의 산책은 저녁 6시부터 시 작된다. 아장아장 걸어서 먼저 유치원과 가까운 작은 공원 에 도착하면, 기다렸다는 듯 풀에 몸을 누인다. 차갑고 폭신 폭신한 풀의 감촉이 정말이지 좋은 모양이다. 내가 가르쳐 준 것도 아니다. 지극히 자연스럽게, 스스로 발견한 것이다.

죽은 리키도 죽을 날이 가까웠을 때, 따뜻한 햇볕 아래 풀 밭 위에 앉으면 매우 평온한 얼굴이 되어 자연 속에 녹아들 곤 했다. 그것을 지켜보는 나도 마음속 깊이 기뻤다. 가장 마지막 산책은 작년 6월, 눈이 녹는 계절도 거의 막바지, 차가 웠던 바람도 거의 사그라진 날에, 조금 멀리 있는 큰 공원에 외출했던 때였다. 리키가 즐겁고 편안해 보이고, 1년 전부터 아프기 시작한 몸에 대한 괴로움도 한순간 잊은 듯 보여서, 가까운 시기에 꼭 이곳에 다시 데리고 오자고 스스로 굳게 다짐했다. 하지만 그 바람은 이뤄지지 못했다. 리키의 상태 는 급속도로 악화되어 그날 외출 이후 얼마 지나지 않아 죽 고 말았다.

지금 와서 생각해도 리키는, 나에게 마지막의 마지막까지 기운 넘치는 모습을 보여주었다. 죽기 전 일주일간은 물만 먹었다. 그리고 딱 일주일 후 정오가 되기 전, 리키는 고통스 러운 단말마를 내뱉고, 그러고 나서 반나절이 지난 저녁 일 곱 시에, 나를 바라보면서 나의 품에 안겨 세상을 떠났다.

이렇게나 나를 힘들지 않게 했던 건 분명히 내가 어머니 의 병간호를 했던 12년간의 괴로움을 누구보다 가까이에서 지켜봤기 때문일 것이다. 나는 진심으로 그렇게 생각하고, 지금도 그 생각은 변함이 없다. 효성이 지극했던 리키. 리키야, 정말로 고마워.

⧉

하나가 풀 위에서 휴식을 취하는 시간은 대략 30분 정도 이어진다. "자, 하나 짱, 다시 산책하자"라고 아무리 말을 건네도 모른 척하고 풀을 씹거나, 날아가는 곤충을 보거나, 공원 여기저기에서 놀고 있는 아이들의 목소리에 반응하거나 하며 자신만의 페이스를 지킨다. 그런 하나를 어떻게든 끌고 가겠단 생각은 일찌감치 버렸다. 나는 등에 멘 작은 가방에서 사각형으로 접은 비닐 시트를 꺼내 펼치고, 그 위에 앉아 서쪽 하늘에 펼쳐지는 해 질 녘의 구름 형상이나 색깔을 바라본다.

가방에는 비닐 시트 외에도 접이식 우산이나 하나가 마실 물이 담긴 페트보틀, 실리콘 컵, 3천 엔 정도가 든 지갑, 얇은 파카와 의자, 저혈당증 기미가 있는 나를 위한 청량음료와 초콜릿과 캐러멜, 손수건 사이즈 수건 두 장, 티슈, 핸드

폰 등이 가득 들어 있다. 처음부터 이렇게 짐이 많지는 않았는데, 하나와 산책을 하다보니 산책의 방향과 보행 시간이 예측이 안 되고, 저녁과 밤의 기온이 때로는 피부에 사무치도록 내려가서, 세세한 부분까지 충분히 신경을 쓴 끝에 이런 내용물의 가방이 되었다. 지갑 안의 3천 엔은 너무 멀리까지 나가게 됐을 때, 지쳐서 걸어 돌아오기 힘들 경우를 대비한 택시비다.

┌──┬──┬──┬──┐
└──┴──┴──┴──┘

　유치원에 근접한 작은 공원의 반대편은 공립 고등학교 운동장으로, 저녁 여섯 시쯤에는 한창 클럽 활동 중이다. 야구부, 테니스부, 소프트볼부, 축구부 학생들이 매일 연습에 힘쓰고 있다. 고등학생들의 쾌활한 목소리를 듣는 것만으로도 청춘이구나, 젊구나, 건강해, 좋아, 하고 도취되곤 한다. 운동장 뒤편 건물 2층에서는 취주악부가 둥두둥둥두둥 하는 음을 반복하고, 열어놓은 창문 안쪽으로 지휘봉을 번쩍 들고

있는 인물이 보인다. 나무젓가락처럼 가느다랗게 보여서, 남자인 것은 알겠지만 교사인지 학생인지까지는 판별이 되지 않는다.

야구부가 모인 벤치에서 매니저로 보이는 여고생이 두세 명, 자질구레한 일을 처리하려고 뛰어다니는 것이 눈에 띄어 무심코 가만히 보게 된다. 내가 고등학생 시절에도 남자들이 속한 스포츠부 계통에는 항상 여자 매니저라는 미스터리한 존재가 있었다. 나에게 그녀들의 존재는 수수께끼투성이였다. 여자들이 속한 스포츠부에 여자 매니저가 있는 건 이해가 된다. 그런데 왜 남자부에 여자 매니저인가. 남자 매니저를 쓰는 게 더 좋지 않은가. 부원들이 옷을 갈아입는 부실이라든가 땀범벅이 된 옷이 나뒹구는 로커 주변을 얼쩡거려야 하고, 강제로 남자의 나체를 보거나 체취를 맡을 일도 있을 텐데, 나이를 생각해도 그런 것에 둔감할 리 없고, 수치심이라는 것도 없을 리 없다. 그럼에도 불구하고 매니저를 하는 그 심리가, 당시에도 지금도 나는 정말이지 이해가 안 된다.

야구가 좋으니까, 축구가 좋으니까, 라는 진부한 이유보다 한 발 더 나아간 심리가 알고 싶다. 그러나 여자 매니저들의 대다수는 그런 자신의 마음속 깊은 곳이나 욕망의 막다른 곳을 마주보는 일이 없다고나 할까, 그런 발상 자체를 가지지 않는 타입일 거라는 생각이 든다. 그러므로 가능한 것이리라. 어떤 의미로는, 자의식 못지않게 타인에게 힘을 다하는 것이 기쁨인, 선량하기 짝이 없는 여자들인지도 모른다.

그러나 다시 생각해도 역시 남자 스포츠부의 여자 매니저를 하는 심리가, 나는 이해가 안 된다. 남자 스포츠부를 따라다니는 여고생 팬이라면 오히려 이해가 될 것 같다.

하나가 풀 위에서 쉴 때 나도 휴식을 취하며 서쪽 하늘을 올려다보고, 그런 끝이 없는 생각을 가만히 떠올리고 있자니 약속이라도 한 듯 산책 친구들이 공원 근처를 지나가기 시작한다. 상대방도 서늘해진 때를 적당히 골라서 강아지를 데리고 산책을 나온 것이다.

"어머, 하나 짱이네."

이 주변은 애완견을 키우는 사람이 많다. 거의 모든 종류의 강아지가 있다. 미니어처 닥스훈트, 시추, 치와와, 셰틀랜드 쉽독, 프렌치 불독, 토이푸들, 파피용, 포메라니안, 보르조이, 퍼그, 카발리에, 코기, 시바, 래브라도 레트리버, 잭 러셀 테리어, 비글, 콜리, 게다가 믹스견까지, 오히려 없는 개의 종류를 찾는 것이 더 빠른지도 모른다.

개들의 산책 시간이라든가 하루에 산책에 나오는 횟수 등이 겹치면 자연히 얼굴을 익히게 되고, 그러면서 종종 대화도 오고가서 견주들과도 친해지게 된다.

하나와 나에게도 그런 지인이 몇 명(몇 그룹?) 있다. 공통점은 모두가 이혼 여성으로, 대부분 아이가 있고 40대부터 50대. 예순한 살인 나는 가장 연장자다. 산책할 필요가 없는 고양이라면 몰라도 산책이 필요한 개를 키우는 것은 60대에게는 조금 무리인가보다. 예순한 살에다 한 살이 조금 넘은 어린 개를 데리고 있는 나 같은 사람은, 인간으로 말하자면 초고령 출산에 필적하는 행위나 마찬가지라 거의 보기 힘들다. 열 살이 넘은 노령견을 키우는 60대 이상의 사람들은 있지만, 그 나이가 되면 개들도 산책을 나가고 싶어 하지 않는다. 결국 나처럼 하루 한 번 아니, 하루에 두세 번은 개를 데리고 근처를 어슬렁거리는 할머니는 확연히 줄어드는 것이다.

이렇게 쓰고 난 후, 나는 당황스럽고 어쩔 줄 모르는 기분이 되었다. 예순한 살에 생후 4개월 된 하나와 살기 시작한 것은 무모한 결정이 아니었을까.

산책하며 만난 50대 주부 K씨가 이런 말을 한 적이 있다. 그녀에게는 혼자 돌보고 기른 열두 살 토이푸들이 있다.

"이 아이가 죽으면 더 이상 다른 개를 키우는 건 무리일 것 같아요. 친정에 계신 80대 부모님도 돌봐야 하고. 아, 지금은 두 분 다 건강하지만."

우리 부모님은 두 분 다 돌아가셨으니 K씨처럼 앞날에 대한 불안은 없다.

리키를 키우기 시작한 건 내가 마흔다섯이 되던 해, 어머니가 쓰러지기 한 달 전이었다. 어머니 간호와 강아지 돌보기를 함께 해왔다.

마흔네 살에 생전 처음으로 개를 기르게 됐다는 M씨는 중학생과 고등학생 세 명의 자녀를 둔 주부인데, 가사도우미 파트타이머로 일한다. 개는 몰티즈와 포메라니안 믹스를 키우는데 하나와 같은 나이다. 남편과 아이 셋의 식사, 도시락을 챙기면서 도우미로도 일하고 그러는 짬짬이 개 산책도 열심히 시켜주는 M씨의 모습을 보면 나는 진심으로 감동하고 만다.

마흔넷의 나는 가사와는 거리가 멀었고 오로지 소설을 쓰는 데 쫓기고 있었다. 남편이 있으면, 아이가 있으면 좋겠다고 생각할 여유조차 없이 그냥 이렇게 살아야 하나보다, 하고 체념했다. 그래서 오히려 좋았을까, 나빴을까. 아무튼 그랬기에 집필에 몰두할 수 있었는지도 모른다. 생각해보면 나는 포기만큼은 빠른 편이었던 것 같다.

M씨와 대화를 나누던 중 성형수술을 한 친구 이야기를 들었다. 좀처럼 아이가 생기지 않았던 그 친구는 40대가 되어 드디어 딸을 낳았다. 그런데 그 딸을 유치원에 보내고 보니, 딸 아이 친구의 엄마들이 대부분 20대, 30대 초반으로 젊은데 자신만 40대더란다. 자칫하다가는 엄마가 아니라 할머니로 보일지도 모른, 그래서 어린 딸이 친구들에게 놀림받아 나쁜 추억을 가지게 될까봐 염려하던 그녀는, 그길로 성형외과에 가서 눈매를 또렷하게 하는 수술을 받았다고 한다.

어쩐지 오랜만에 들은 기분 좋은 이야기였다. 언제까지나 여자로서 존재하고 싶다든가, 남자를 위해서 젊은 모습을 유지하고 싶다가 아니라 어린 딸을 주눅 들게 하지 않기 위해 성형수술을 한다? 여태껏 들어본 적 없는 이야기였다. 그 마음이 신선했다.

산책으로 알게 된 지인들은 K씨나 M씨 말고도 많아서 이틀에 한 번, 때로는 하루에 두세 번 길에 서서 이야기를 나

누곤 한다. 언제나 별 쓸모없는, 말하자면 세상 사는 이야기
들로 "덥네요" "몸이 좋지 않네요" "편의점에 새로 들어온
그거, 맛있었어요" "퍼그 짱이 무슨 말썽을 저질렀나봐요"
같은 싱거운 내용들이지만, 이것이 의외로 귀중한 순간순간
들이다. 딱 좋은 기분 전환이 되고, 삶에 대한 사소한 정보가
된다. 이야기에 따라서는 수선도 떨고, 작은 공감도 하면서
기분 좋은 자극을 받는다. 하지만 질질 끌지 않는다.

　20대나 30대에는 이런 대화를 나누지 않았다. 이런 대화
가 싫었다기보다 무엇을 어떻게 이야기해야 좋을지 몰랐다.
그래서 이웃 사람들과 길에 서서 기분 좋게 이야기를 나누
는 예순한 살의 내가, 나는 좋다. 드디어 온전해졌다, 충실히
살아가고 있다, 완전하게 생활하고 있다, 라는 기분이 든다.

　내가 예순한 살에 남편도, 아이도 없이 하나와 단둘이 산
다는 건 모두가 알고 있다. 물어보는 그대로 솔직하게 대답
했기 때문이다. 그러나 그 이상을 묻지 않는 것도 감사한 일
이다. 말하는 것을 들어보면 내가 소설가인 것은 모르는 듯
하고, 지금까지 내가 이야기한 내용의 조각들을 모아 이야

기를 완성시키는 듯하다.

즉, 같이 살던 부모님이 돌아가신 후 남겨진 어느 정도의 유산을 조금씩 써가며 생활하고 있는, 전혀 남자가 있을 것 같지 않은, 실제로 어느 누구도 남성이 집에 출입하는 것을 목격한 적 없는 예순한 살의 여성……

그런 '고독한' 나를 불쌍히 여기는 것인지, 같은 맨션에 사는 K씨는 가끔 다키고미밥(쌀과 함께 고기·생선·야채 따위를 섞어 지은 밥)이라든지 조림 반찬 같은 것을 가져다준다. 맛 있어서 정직하게 칭찬을 하면, 다시 다른 요리를 나누어주 곤 한다. K씨의 요리 솜씨는 대단해서 나는 정말 감탄하는 데, 남편이나 아이들은 그게 당연하다고 생각하는지 칭찬도 없다고 한다. 그래서 그들 대신 내가 언제나 극찬을 해준다. 실제로 신세를 져서가 아니라 요리 센스, 재료를 다듬는 방 법 하나만 봐도 모든 면에 빈틈없는 섬세함이 정말이지 훌 륭하다.

하나를 데리고 나간 산책에서 이야기를 하다가 오늘도 새로운 정보를 입수했다.

첫째, 하얀 중형 일본견을 데리고 다니는 예순 살 정도의 여성을 주의하라. 그 일본견에게 코기가 배를 물려 다섯 바늘이나 꿰맸다. 여성은 그 장소에서 개를 데리고 바로 도망쳤다.

둘째, 편의점 Q에서 판매하는 와인이 합리적 가격에 맛도 상당히 훌륭하다. 가성비가 좋다는 평가.

셋째, 맨션 앞 공원 공공 수돗가에 새벽 4시부터 5시 사이 대량의 빨랫감을 든 중년 여성 출현. 세탁물 양이 정말 산더미라서 일찍 일어나 한 번 볼 만한 가치가 있다. 그녀는 도대체 누구인가?

내가 개한테 물리다니

　　　　　　개에게 다리를 물렸다. 오른쪽
허벅지를 물리는 바람에 바지가 찢어지고 피가 났다. 태어
나 처음으로 겪은 일이다. 여섯 살 때부터 '개는 나의 절친'
이라고 혼자 멋대로 생각하며, 개들과 사이좋게 잘 지내고
있다고 자부해왔다. 내 딴엔 그런 자부심을 갖고 있었는데,
이번에 보기 좋게 배신당했다. 물론 그 개는 우리 하나가 아
니라 이웃의 개다.
　저녁에 유치원 근처 작은 공원으로 하나와 산책을 나가,
잠깐 앉아 쉰 다음 다시 걷기 시작하자마자 순식간에 벌어

진 일이다. 산책용 끈을 매고 아장아장 걷고 있는 하나를 향해 셰틀랜드 쉽독이 달려들었다. 그리 크지 않은, 흰색과 검은색 털이 섞인 개였다. 옆 수풀 속에서 갑자기 튀어나왔다. 깜짝 놀란 나는 재빨리 하나를 잡아 올려 품에 안았는데, 하나에게 돌진하던 개가 방향을 급격히 전환해 내 허벅지를 물었다. 순간, 무슨 일이 일어난 것인지 단번에 이해하지 못했다. 반사적으로 하나를 잡아 안긴 했지만, 내 머릿속은 사고 회로가 정지된 채 진공 상태였다.

"헛, 죄송합니다, 죄송합니다!"

목소리와 함께 수풀에서 나온 것은 나와 동년배로 보이는 남성이었다. 무릎이 나온 스웨트 슈트를 입고, 손에는 또 다른 셰틀랜드 쉽독의 리드줄이 들려 있었다. 흰색과 갈색 털이 섞인 그 개는, 나에게 달려들어 내 다리를 문 놈보다 족히 두 배는 컸다.

"이 녀석, 무슨 짓을 한 거야!"

남자가 나를 문 개를 야단치자 개는 금세 으르렁거림을 멈추고 꼬리를 늘어뜨렸다.

"죄송합니다, 죄송합니다!"

남자는 나를 향해 몸을 90도로 숙이고 거듭 사과하며 진심으로 미안한 마음을 표시했다. 전에도 공원에서 셰틀랜드 쉽독 두 마리를 데리고 산책하는 이 남자를 두세 번 본 적이 있다. 언제나 개들 몸에 확실하게 리드줄을 맸고, 개들이 위험하다는 생각을 한 적도 없었다.

그날 저녁, 공원에 도착했을 때 이미 그 남자와 개 두 마리가 있는 걸 봤다. 지금까지 한 번도 짖지 않았던 개들이 짖고 있어 그저 이상하다고만 생각했었다. 무슨 일일까, 조금 신경이 쓰여 먼 곳에서 바라보고만 있었다.

"오늘따라 아이들이 흥분했는데, 리드줄 하나를 깜빡 놓치고 말았어요. 그때 근처를 지나고 있던 강아지를 향해 달려든 것 같네요."

남자가 이렇게 설명했다. 하지만 나는 개에게 물렸다는 사실에 쇼크를 받아 아무 말도 귀에 들어오지 않았다. 바지가 찢어지고 피가 배어나오는 걸 눈으로 보면서, 물린 곳이 점점 아파오기 시작했다.

"아니, 여기, 이, 이, 피가, 대체, 어떤, 어떻게, 이런, 개가, 개들이……"

나는 너무나 당황한 나머지 치매에 걸린 사람으로 보일 만큼 정리가 안 되는 단어들을 늘어놓았다. 그러면서도 머릿속 한 부분에선 냉정하게, 여기서 큰 소동을 벌인다면 나를 문 개가 불쌍하다, 라는 생각도 했다.

실제로 조금 전까지만 해도 굉장히 흥분한 상태였던 개

는, 자신이 저지른 사태의 심각성을 마침내 깨닫고 '큰일 났다, 어떡하지'라는 표정으로 잔뜩 풀이 죽은 채 고개를 숙이고 있었다. 내가 소동을 벌이며 "고소할 거예요. 어떻게 할거예요?"라고 쏘아붙이기라도 하면, 최악의 경우 개가 처분될지도 모른다. 그것은 전혀 나의 본심이 아니다. 개는 결국 이리와 같은 야생동물일 뿐이다. 보통은 인간에게 맞춰 어른스러운 삶을 살고 있지만 조금만 보살핌을 게을리하면, 야생의 피가 춤춘다. 그것을 컨트롤하는 것은 주인, 즉 인간의 책임이지 개들에게는 죄가 없다.

게다가 지금 개 주인이 진심으로 사과를 하고 있지 않은가.

"죄송합니다, 죄송합니다!"

그는 계속 이 말만 반복했다. 다른 문장이 떠오르지 않는 건 그 남자도 나처럼 예상외의 상황에 당황했기 때문일 것이다.

잠시 후, 겨우 정신이 돌아온 나는 뭐라고 대답을 한 기억이 어렴풋이 있지만 "괜찮으니 신경 쓰지 마세요"와 같은 관대한 발언은 분명 아니었다. 그런데 정신을 차리고 보니 두 마리 개와 남자가 종종걸음으로 빠르게 저 멀리 사라지고 있었다.

'아니, 가버리는 거야? 이대로? 이렇게 가도 괜찮은 거냐고!' 나는 의문에 휩싸인 채 머뭇거렸지만 남자를 큰 소리로 불러 세우는 대신, 하나를 안은 채 그 장소에 멍하니 서 있었다.

그 순간 61년 동안의 내 인생이 꿈과 환상처럼, 내 발밑에서 작은 돌풍이 되어 불어오는 듯한 착각이 들었다. 큰일이 생겼을 때, 중요한 때, 나는 언제나 이런 식으로 상황을 흘려보내고 아무것도 하지 않았다. 항상 타이밍을 놓쳤다. 이렇게 눈만 멀뚱멀뚱 뜨고 있다가 다 놓치고 말았다는 걸 알면서도, 아무것도 하려 하지 않고 보낸 나의 61년 인생. 잃어버린 나의 꿈, 나의 신조, 나의 생활, 나의 인생, 나의 남자⋯⋯ 이렇게 61년을 살아온 끝에, 강아지 하나만이 내 곁에 남아 있다. 마치 무언가의 메타포 같은 광경이었다. 어쩔 수 없이 하나를 가슴에 안고 터벅터벅 걸어가는데, 뒤에서 목소리가 들렸다.

"사모님, 사모님."

'사모님'이라고 불리는 경우는 많지 않아서, 나를 부르는 소리라고는 생각지 못했다. 헌데 주변에 나 이외에 아무도 없다. 돌아보니 흰 와이셔츠에 밝은색 넥타이를 맨 풍채 좋은 남성이 서 있었다. 쉰 살쯤 돼 보이는, 외형만으로 상대를 안심하게 만드는 분위기를 가진 사람이었다.

"실례지만, 방금 있었던 일을 처음부터 끝까지 봤습니다. 저기 저 차 안에서, 일하다 잠시 쉬던 중이었거든요."

그가 가리키는 쪽에는 하얀 경자동차가 주차되어 있었다.

"저 남자분, 자신의 이름이나 주소를 확실히 말해주었습니까?"

"아니요, 아무것도…….."

"너무하네요, 그건. 확실히 따져보면 저쪽이 잘못한 것 아닙니까. 제가 지켜보기엔 그랬는데요."

"그러셨어요……."

"혹시 앞으로라도 저분에 대해 증인이 필요하면, 제가 얼마든지 증인이 되겠습니다. 이런 일을 입 다물고 넘기는 성격이 아니라서."

그는 이렇게 말하면서 명함을 건네주었다. 명함에는 이 근처에서 이름이 꽤 알려진, 약 20개점의 사업장을 가진 장례식장 이름이 인쇄돼 있었다.

||||

이 이야기를 사람들에게 들려주면 모두 이 대목에서 갑자기 웃음을 터뜨린다. 그때까지만 해도 "개에게 물렸다니.

어머, 괜찮아? 열은 안 났어?"하고 진지한 눈빛으로 묻다가 '장례식장'이라는 말을 듣는 순간 "흡!" 하고 웃어버리는 것이다. 참으려 해도 터져 나오는, 그런 웃음을 터뜨린다.

예순한 살이라는 내 나이와 걱정하며 말을 건네는 장례식장 영업맨. 이 조합이 마치 짜 맞춘 듯 절묘해서 듣는 쪽, 특히 나이가 어린 친구들에게는 완전히 코미디로 들리나보다.

그러나, 나로서는 조금도 우습지 않다. 사람들이 참지 못하고 웃음을 터뜨리면 화가 나서 입을 꾹 다물고 만다. 여기서 화를 내면 어른답지 못한 데다 창피한 꼴만 보이는 거란 걸 알고 있기에 괜찮은 척 냉정한 표정을 짓고 있지만, 역시 유쾌하지는 않다. 그럼에도 불구하고 '개에게 물린 것'은 내게, 최근 겪은 가장 큰 사건이기 때문에 어떻게든 타인에게 말하지 않고는 배길 수 없는 것이다. 입 다물고 그냥 넘기기에는 너무나 아쉽다. 게다가 듣는 사람들도 어떤 의미로는 즐겁게(?) 귀를 기울여준다.

어찌 됐든, 장례식장 영업맨이 만에 하나 증인이 필요하면 연락하라고 명함까지 주며 베푼 호의가, 그때의 내 기분을 구해준 것은 사실이다. 만약 그가 나타나지 않았다면 집에 돌아와서 나는 더 심하게 우울해졌을 것이다.

집에 돌아와 바지를 벗어보니 피투성이가 된 허벅지에 개의 이빨자국이 선명하게 남아 있었고, 주변은 출혈로 인해 자줏빛으로 변해 있었다. 기념으로 사진이라도 남기려고 디지털카메라로 찰칵찰칵 찍어봤지만, 카메라를 든 손과 허벅지의 거리가 너무 가까운 건지, 내 팔이 짧은 건지, 찍는 사진마다 핀이 안 맞아서 포기하고 말았다. 친구에게 와달라고 할 정도의 일도 아니고.

물린 허벅지의 상처는 시간이 지나면 나을 테지만 L자형으로 찢어진 바지를 버리는 게 유감스러워서, 나는 바지를 손에 들고 거실에 앉아 자줏빛으로 물든 그것을 바라보았다. 7, 8년 동안 즐겨 입은, 얇은 바지 세 벌 중 한 벌이었다. 여름용이 아니라 한여름용이다. 그 정도로 얇은 데님이다. 이 세 벌의 바지는 디자인, 컬러, 재질이 미묘하게 다 다르지만 모두 한여름용으로 입고 있다. 구입한 시기도 같은데, 세 벌이 나란히 걸려 있는 걸 보고는 한 벌만 고를 수 없어 모두 구입했다. 예전 같으면 특별히 한여름을 위해 구입한 바지는 손이 덜 갔겠지만, 이번 여름은 전국적으로 맹렬한 더위가 덮쳤다. 삿포로 역시 피해갈 수 없어, 이 바지 세 벌이 하나와 산책을 나갈 때마다 번갈아가며 대활약을 했다.

젊은 사람들이라면 일부러 바지를 찢었다며 그대로 아무렇지 않게 입고 다닐 수 있을 것이다. 사실, 며칠 후 산책하다 만난 40대 주부에게 이 사건을 말하자 그녀는 시원스럽게 말했다.

"어머, 그대로 입으면 안 돼요? 멋지잖아요. 찢어진 청바지처럼 입으면."

이때도 나는 화가 나서 순간적으로 응수했다.

"당신처럼 젊다면 찢어진 청바지를 입어도 괜찮겠죠. 하지만 나는 몸 자체가 예순을 넘겨 찢긴 상태예요. 내가 그런 바지를 입으면 멋지거나 세련된 게 아니라 찢어진 바지를 입을 수밖에 없는 가난한 할머니가 된다고요. 알겠어요? 그런 게 패션으로 통용되는 건 나이 제한이 있어요."

나의 바느질 실력은 단추를 다는 게 다다. 그것도 아주 간신히. 그렇기 때문에 생각지도 못한 이런 일이 생기면 마음이 아프고, 슬프고, 타격을 받는다. 그 사실도 40대 주부에게 솔직히 털어놓자 그녀는 근처 세탁소에 수선을 맡기는 게 어떠냐고 말했다. 그 즉시 바지를 들고 가니 L자형으로 찢어진 2센티미터×2센티미터 구멍을 보수하는 금액이 2천 엔이었다. 싸지는 않네, 라고 당시엔 생각했지만 일주일 뒤 돌아온 바지를 본 순간, 나는 고개를 끄덕이고 말았다. 뛰어난 솜씨였다. 2천 엔은 너무 싸다고 생각될 정도로 장인의 솜씨였다. 찢어진 적이 없다고 해도 믿을 정도로 섬세하고 정성스러운 바느질이었다. 사용한 실도 바지 색깔과 꼭 같아서 차이가 없었다.

곧바로 수선을 추천해준 40대 주부에게 보고하며 "정말 훌륭해요"를 연발했더니, 그녀는 나의 기세를 꺾듯이 "그냥 한 번 말해본 것뿐이에요"라고 했다. 은근히, 대단한 장인의 솜씨는 아니던데요, 라는 듯한 반항을 내비치기까지 했다. 왠지 주부로서의 프라이드를 살짝 보이는 듯한 기분이 들었다.

> "최근에는 전동식 재봉틀도 얼마나 좋은 게 많은데요, 정말 이에요."

지금까지 인생에서 재봉틀을 사용해본 적이 없는 나는 아무 대답도 할 수 없었다. 그때 다른 40대 주부도 두 명 있었는데, 대화는 갑자기 재봉틀로 옮겨가 한바탕 불타올랐다. 어느 브랜드가 이렇다 저렇다며 품평회가 벌어졌는데, 나는 한마디도 하지 못한 채 그저 이 세상에 그렇게나 다종다양한 재봉틀이 있구나, 하고 오로지 놀랄 뿐이었다.

그 대화 이후, 나는 재봉틀을 갖고 싶어졌다. 그러나 재봉틀을 사서 열심히 홈 웨어를 만든다 해도 그것을 입힐 아이나 남편도 없고, 하나의 옷은 죽은 리키의 옷이 차고 넘치며, 무엇보다 나 자신이 입고 싶은 옷 따위는 사라져버린 지 오래다. 재봉틀을 구입해도 대체 어디에 쓴단 말인가.

이미 무언가를 하기에는 늦었다는 현실을 직면하고, 결국 61년 인생에 한 번도 재봉틀을 사용해보지 않은 자신을, 거리에 서서 이야기하는 도중에 절실하게 돌아보게 되었다. 돌아보기는 하지만 이렇다 할 반성이 생기지 않는 건 언제나 마찬가지.

수선한 바지를 소중하게 장롱 안 깊은 곳에 넣고, 개에게 물린 게 하나가 아니라 나여서 다행이라고 다시 한 번 생각했다. 허벅지의 상처 사이즈로 미루어보건대, 하나가 물렸다면 그야말로 죽었을지도 모를 엄청난 사태가 벌어질 뻔했다.

하나 역시 쉽독에게 공격당한 공포와 충격이 큰지, 다음 날부터 밖에 나가려 하지 않았고, 나에게 안아달라며 조르는 횟수가 현저히 늘었다. 외출해서 다른 개들과 스쳐 지날 때마다 개의 크기에 상관없이 놀라 뒷걸음질 치기까지 했다.

3일 정도 하나와 집에서 히키코모리 비슷한 생활을 하다가 4일째 되는 날, 이대로는 안 되겠다고 결심했다. 이대로라면 하나도 나도 개에게 물린 것이 트라우마로 남게 된다. 안 될 일이다. 살아가며 일어날 수도 있는 사건이다. 우리는 운이 나쁘게, 어쩌다보니 그곳에 있었던 것뿐이다.

"하나 짱, 저 멀리 큰 공원에 가볼까?"

그렇게 말하기 전, 이미 나는 외출 준비를 마친 상태다. 덥석 하나를 안아 올렸다. 우리 집에서 택시로 왕복 5천 엔 정도 거리에 있는 M 공원은 삿포로 시민이라면 누구나 아는 유명한 장소이지만, 나는 처음으로 가보는 곳이었다. 커다란 공원 안 산책로는 도로 폭이 넓고 기복도 완만했다. 나무나 잔디밭 등 모든 곳이 잘 정돈되어 있어서 공원 안에 발을 내디딘 순간, 나는 금세 그곳이 마음에 들었다. 호기심의 집약체인 하나도 눈을 끔뻑거리며 싫지 않은 표정으로 코를 벌름거렸다. 평일이라 사람도 많지 않아 개에게 물린 마음의 재활 치료에도 안성맞춤이었다.

산책을 하다가 하나와 같은 요크셔테리어를 데리고 나온, 나와 비슷한 연배의 여성과 마주쳤다. 열 살 된 수컷이라고 하는데, 체형은 하나보다 더 작고 체중은 2킬로그램이라고 한다. 하나는 3킬로그램이다. 초소형견에게 1킬로 차이는 아주 크다. 인간으로 환산하자면 10킬로그램 정도의 차이랄 까. 다른 개보다 꼬마로 보이는 하나가 묘하게 크게 보여 신 기했다.

"이 애, 도쿄에 사는 딸아이 부부의 강아지예요."

여자가 말했다. 배우 수잔 서랜든과 닮은, 눈이 크고 호리 호리한 체형의 여성으로 30년 전에는 꽤 미인이었겠구나 싶 었다.

"딸 집에 놀러 갔다가 돌아오는 길에, 딸이 이 아이를 잠시 삿포로에 데려가달라고 하더라고요. 딸은 래브라도 레트리버 한 마리도 키우고 있어서."

"그랬군요."

"올봄에 남편이 갑자기 죽었거든요. 혼자 지내게 되니 딸이 걱정되나봐요. 개라도 옆에 있으면 조금은 기분이 나아질 거라고 하더라고요."

"그건 그렇죠……."

오랫동안 부부의 연을 함께하며 지내온 인생의 동반자와 사별했을 때 그 슬픔과 충격, 스트레스가 상당하다고, 잡지에서 읽은 기억이 있다. 그래서 나는 그 이상의 말을 건네는 것을 망설였다. 나쁜 의도 없이 무심코 던진 말이 비탄에 젖은 상대에게 진심이 담기지 않는 빈말이 되어 상처를 주는 경우가 많다, 라고 그 잡지에 쓰여 있었다. 격려나 기운을 북돋아주려고 하는 대부분의 말이 오히려 상대의 마음을 찌르는 비수가 되는 경우가 많다. 신중한 침묵을 바탕으로, 상대의 말에 귀 기울이고 함부로 반론을 하지 않는 것이 상대를 상처 입히지 않는 기본자세다.

나에게 말을 건넨 여성은 처음 흘끗 봤을 때는 괜찮아 보였고 그 나름대로 남편의 갑작스러운 죽음을 받아들이고 있는 것 같았다. 대화를 이끄는 것도 줄곧 그녀 쪽이었다. 하지만 산책길 앞쪽에서 정년이 얼마 지나지 않은 듯한 남편과 부인이 커플 워킹슈즈를 나란히 신고 걸어오는 것을 본 순간, 그녀는 신음하듯 "아, 안 되겠어요"라고 말했다. 그리고 서둘러 그 두 명에게서 등을 돌렸다. 문자 그대로 몸의 방향을 완전히 바꿔버렸다. 표정은 고통으로 일그러져 있었다. 질투라든가, 그런 복잡한 패배의 감정이 아니었다. '부부 동반'의 광경이 그것만으로 그녀의 마음을 아프게 찌르는 것이었다.

조금 전까지 쾌활함 그 자체였던 그녀의 급격한 변화에 나는 깜짝 놀랐지만 아무 말도 하지 않고, 묻지도 않았다. 남편의 갑작스러운 죽음, 그 현실을 어떻게 해서든 받아들이려 애쓰는 그녀에게 무슨 말을 해야 할지 찾을 수가 없었다.

12년 동안 간호한 어머니가 돌아가셨을 때 솔직히 말해서 한숨을 놓았다. 드디어 나 자신의 인생을 살 수 있을 거라는 해방감은, 심하게 들리겠지만, 기쁨이라고 할 수밖에 없었다. 그럼에도 불구하고 어머니가 돌아가신 지 햇수로 5년이 된 지금, 어머니를 잃은 허전함과 슬픔에 하루의 반은 우울한 상태에 빠져 있는 날이 적지 않다. 꿈에 어머니가 나오면, 자면서도 나는 울고 있다. 눈물을 흘리고 있다. 꿈속에서라도 어머니를 만난 기쁨과, 동시에 현실에서는 있을 수 없는 일에 슬픔과 상실감을 느끼고 우는 것이다. 그럴 때마다나는 내가 모순의 집합체라고 통감한다. 기분 나쁜 인간이다, 라고 절실히 생각한다. 그러나 곧 그런 나라고 해도 아직 조금은 더 이 세상을 살아갈 수밖에 없는 것이다, 라고 포기한다.

12년 동안 같이 지냈던 어머니가 죽고 나서 이런 생각을 했으니, 수십 년 동안 고락을 같이한 남편이나 부인이 죽었을 때의 마음 상태는 굉장히 큰 무언가가 있을 것이다.

　7년 전에 아버지가 세상을 떠나고, 5년 전에 어머니를 보내고, 작년 7월에 열다섯 살이었던 리키를 보냈다. 10년간 친구와 지인의 죽음을 차례차례 겪고 나니 남편이 없어서 다행이라는 생각을 하게 된다. 인생에서 패배했다고 인정하고 싶지 않아 그러는 것이 아니다. 내가 남편보다 먼저 죽는다면 괜찮겠지만, 남편이 먼저 죽는 것을 상상하면 정말이지 견딜 수가 없기 때문이다. 발작을 일으킬 지경이다. 상상하는 것만으로도 이렇게 되니 현실에서 남편이 있고, 남편을 먼저 떠나보냈을 때의 나 자신이 어떻게 될지는 솔직히 장담할 수가 없다. 개가 죽고 나서도 5킬로그램이 빠질 정도로 무너졌기 때문에, 아마 남편이라면 10킬로그램 정도는 간단히 줄 것이 틀림없다. 어쨌든 음식을 전혀 목구멍으로 넘길 수 없을 것 같다.

　작년 여름에 리키가 죽었을 때, 나는 이제 살면서 이 이상 괴롭고 슬픈 일은 다시 없을 거라고 확신했다. 그 생각은 1년 후인 지금도 변함이 없다. 아버지에 이어 어머니를 보냈을 때도, 인간의 죽음에 관해서는 이제 이것 이상의 슬픔은 없으리라고 생각했다. 사실 어머니의 죽음 이후, 나는 누구의 죽음에도 무관심해지고 무감동해졌다. 나 자신이 더 이상 피도 눈물도 없는 인간 이외의 생물로 변한 것이 아닐까 생각될 정도로 냉담하고 건조하게 하루하루를 보내고 있었다. 왜일까. 스스로도 알 수 없었다.

함께 걷고 있는 부부에게서 눈을 돌리고 "아, 안 되겠어요"라고 내뱉은 여성은 몇 분 후 가까스로 정신을 차리고, 줄곧 자신이 말하고 있었던 데 생각이 미친 듯했다. 드디어 나에게 질문을 던졌다.

"아, 어디에 사세요?"

"○○구에서 왔어요."

"어머, 그렇게 먼 곳에서. 운전해서 오셨어요?"

"아뇨, 면허는 있는데 지금은 거의 장롱면허예요."

"어머, 그럼 운전은 바깥분만 하세요?"

"저, 남편 없는데요. 같이 살던 어머니도 몇 년 전에 돌아가시고, 지금은 이 강아지랑 살고 있어요…….”

강아지와 단 둘이 산다는 말을 들은 순간 상대의 얼굴이 반짝 빛났다. 여기 동지가 있었다, 다행이다, 라고 그 반짝임이 말하고 있었다.

“어머나, 그럼 여행 갈 때 강아지를 맡기려면 큰일이겠어요. 저 말이에요. 저기 모퉁이에 보이는 맨션에 살고 있어요. 괜찮으면 그럴 때 강아지를 맡아줄게요. 그러니까 저기, 걱정 말고…….”

그녀가 거기까지 말했을 때, 앞에서 걷던 개가 갑자기 달리기 시작했다. 개에게 끌려간 그녀는 허둥대며 그 장소에서 멀어졌다.

한숨 돌린 나는 가던 길과 반대 방향으로 가도록 하나를 구슬려서 그녀와 다시 만나는 것을 피했다. 조금 차갑게 생각될 수도 있지만, 그렇게밖에 할 수 없다. 남편을 잃은 지

얼마 안 된 동년배 여성의 엄청난 비애감을 받아들이는 것,
친구는커녕 지인이 되는 것조차 지금의 나에게는 무리다.
아버지와 어머니, 많은 친구와 지인의 죽음이 해결되지 않
은 수수께끼로 남아 아직까지도 나에게 휘감겨 있다. 인간
이 아니라 강아지인 하나만이 하루 스물네 시간 내 옆에 있
을 수 있다. 그것만이 지금의 진실이다.

가을의 방문과 함께, 하나는 다시 한 번 산책을 꺼리게 되었다. 차가운 바람이 싫은 모양이다. 그렇다고는 해도 자신의 다리로 걷는 게 싫은 것뿐이라 나에게 안겨 산책하는 건 언제라도, 얼마든지 오케이다. '안겨서 산책'하는 도중 스스로 내리고 싶어 한 적은, 지금까지 한 번도 없었다.

하나가 적극적으로 기분 좋게 산책을 한 것은 한여름 동안의 아주 짧은 기간이었다. 하나가 나와 함께 살게 된 작년에는, 태어나 처음으로 삿포로의 가을과 겨울을 접하고 눈

과 얼음과 극한의 추위를 맛보았으니 밖을 걷고 싶지 않아
하는 것도 당연하다, 아직 강아지니까, 내년이 되면 달라질
거야, 하고 조금은, 아니, 사실 아주 많이 나는 기대했지만,
하나는 견디기 힘들 정도로 정말 추위가 싫은 모양이었다.

여름의 끝이라고 할까, 가을의 시작이라고 할까, 산책하
기 위해 밖으로 나간 날, 여름의 바람이 아닌 선뜩한 바람이
작은 하나의 몸을 뱅그르르 감싸듯 휘감았던 그날을 경계로
하나는 확실히 산책을 거부하기 시작했다. 땅 위에 내려놓
으면 절대 그 자리에서 한 발자국도 움직이려 하지 않는다.
리드줄을 끌어당겨봐도 작은 몸 전체에 힘을 주고 그 장소
에서 버티고 있다.

"큰일이네. 그렇게 싫어?"

내가 몸을 굽히고 가까이 가서 말을 건네면 하나는 기다
렸다는 듯 두 뒷발로 서서 앞발을 내 다리에 걸친다. 그러
고는 '야옹야옹' 하고, 개인 주제에 아기 고양이 울음소리를

낸다. 안아서 들면 울음을 멈춘다. 이런저런 방법으로 기분을 풀어주려고 해도 하나는 절대 넘어가지 않는다. 산책하면서 만나는 강아지들에게 도움을 요청해 '함께 산책하자'는 유도책도 세워보았지만, 하나는 '흥' 하고 외면하거나 하늘을 올려다보거나 하면서 역시 그리 간단히 기분을 바꾸지는 않는다.

하나는 산책을 싫어하는 개. 결국 나는 이 현실을 깨닫고 말았다. 맥이 탁 풀렸다. 나는 산책을 좋아하는 인간이다. 그것도 혼자서 걷는 것보다 개와 함께 걷는 것을 정말 좋아한다. 그 충실감과 행복은 비유할 데가 없다.

개와 보내는 시간이 나에게 있어서는 행복이다, 라고 자각했던 것은 아마도 스물일곱 살 가을, 애견 구로스케와 목적지도 없이 산책하던 날들을 보내던 때이리라. 구로스케는 잡종에 몸 전체가 완전히 까만색인 중형견으로, 생후 3개월 정도부터 키우기 시작해 당시는 대여섯 살이었을 것이다. 나는 이혼하고 부모님과 살기 시작한 지 2년이 되었고, 가끔 아르바이트는 했지만 기본적으로는 부모님에게 얹혀살고 있었다. 그 벌충으로 가족의 저녁 식사는 나의 담당이었다.

구로스케와의 산책은 매일 오후 서너 시쯤 시작했다. 하나와 달리 구로스케는 언제 어디서나 걷거나 달리는 것을 아주 좋아해서, 맑은 날이면 두 시간 정도는 아무렇지도 않게 산책을 했다. 우리는 산책하다 지치면 지나다니는 길에 있는 작은 공원 벤치에서 쉬거나, 넓게 펼쳐진 평원의 풀 위에 앉아서 하늘을 바라봤다. 산책 스타일은 지금과 완전히 같았다.

그렇게 산책을 나갔던 어느 날, 나는 깜짝 놀라고 말았다.

'구로스케와 그저 이렇게 있는 것이 나의 가장 큰 행복이구나…….'

그 한순간, 행복이란 결국 마음먹기에 달려 있는 것이고, 누군가로부터 전해지는 것이 아니다, 라고 통렬하게 자각했다. 그 감각이 너무나도 날카롭고 강렬했기 때문인지 그 날 이후 예순한 살이 된 지금까지 그 생각은 흔들리지 않고 있다.

나의 30대는 연애로 가득했지만 남자들에게 아무리 빠져도 구로스케와 있는 행복감과는 근본적으로 질이 달랐다. '행복해……'라고 황홀해지거나 하지 않았다. 개 구로스케와 나의 사랑은 온전함 그 자체였지만, 남자들은 어차피 긴 인생을 사는 동안 잠깐 스치는 화려한 놀이였다. 물론 지금에 와서 생각하는 것이지만. 당시에는 그런 두려운 진실을 입 밖으로 낼 만한 용기가 없었다.

당시 부모님께 얹혀살았던 나는 구로스케의 몸이 안 좋아져서 의사에게 진찰을 받아야 했을 때, 고개를 숙이고 어머니에게 치료비를 달라고 부탁했다. 어머니도 어머니 나름대로 구로스케를 귀여워했기 때문에 전혀 싫은 기색 없이 돈을 내주었지만, 그때 나는 부끄러움을 느꼈다. 자신의 개를 병원에 데려갈 돈 정도는 스스로 일해서 벌어야 하지 않을까, 하고 마음속으로 스스로를 책망했다. 자유롭고 느긋하게 살아가려면 금전적인 면에서 최소한 스스로를 보살필 수 있어야 한다, 라고 역시 이때도 나는 개 덕분에 통감했다. 그리고 이것 역시 지금까지 몸에 새겨진 생활신조가 되었다.

내가 추구하는 행복의 형태와 금전적인 자립에 대한 이 생각은 30대 시절 거의 모양을 갖추었고, 이후 30년 이상 지속되었다. 오직 나의 편벽偏僻과 완고함만이 변화가 없었다. 30년이라는 시간 동안 남자관계로 생긴 말썽도 남 못지않게 있었다. 이혼한 경험이 있는 내게 결혼하자고 말한 기특한 초혼 남성들도 있었지만, 나는 재혼하지 않았다. 상대에게 불만이 있었던 게 아니라, 다시 한 번 결혼할 자신이 없었기 때문이다. 재혼해도 다시 내가 먼저 이혼이라는 말을 꺼내는 게 아닐까, 상대를 상처 입히는 건 아닐까, 하는 생각이 들었다.

아무튼, 내 인생의 기본적인 틀과 신조는 개들로부터 배운 것이 기초가 되었다고 해도 과언이 아니다. 그렇기에 개와의 산책은 나에게 있어 무엇보다 소중하고 귀중한 시간인 것이다.

작년 7월, 열다섯 살로 세상을 떠난 리키의 마지막 2년 동안에는 리키의 체력이 쇠약해져 일상적인 산책은 바라지도 못하는 상태였다. 산책을 나가느냐 마느냐에 신경을 쓰기보다 일단 오늘 리키의 상태가 어떤지, 식욕은 있는지, 변은 몇 번이나 봤는지 같은 것이 내 주된 관심사였다.

그리고 리키가 하늘나라로 떠난 뒤, 얼마 지나지 않아 태어난 지 4개월 된 팔팔한 꼬맹이 하나를 맞이한 나는, 다시 새로운 산책에의 기대를 부풀리고 있었다.

그런데 하나가 걷는 것을 별로 좋아하지 않는다. 밖으로 한 발짝 나가면 내 품에 매달려 떨어지지 않는다. 아직 아기니까 뭐, 어쩔 수 없지, 하고 나는 스스로를 위로하면서 작년 가을과 겨울을 보냈다. 그리고 드디어 기다리고 기다리던 올해 봄, 만 한 살이 된 하나를 데리고 나가 의기충천해 햇살 속으로 발을 내디딘 나는 보기 좋게 골탕을 먹고 말았다. 길바닥에 놓인 하나가 지장보살처럼 꿈틀하려고도 하지 않았던 것이다.

그러나 나는 생각했다. 이럴 리가 없다. 걷는 것을 싫어하는 개가 이 세상에 있을 리가 없다. 아마도 하나는 아직 강아지의 기분에서 벗어나지 못한 것일 뿐, 분명히 조금 지나면 걷는 것을 아주 좋아하게 될 것이다. 그렇게 될 것이 틀림없다. 분명히 그때가 올 것이다. 눈이 보이지 않고 귀가 들리지 않았던 헬렌 켈러가 우물물이 손에 닿았을 때 결국 "워터!"라고 소리치고 물이라는 것을 지각한, 기적이라고 부를 수 있는 그 순간처럼, 하나에게도 "산책…… 산책?…… 산책…… 산책, 즐겁다, 즐거워, 정말 좋다, 산책!"이라고 하는 순간이 올 것이 틀림없다.

걷지 않는 하나를 안고 비오는 날에도 바람 부는 날에도 눈이 오는 날에도 하나가 산책에 익숙해지길 바라는 일념으로, 나는 목적지도 없이 집 주변을 걸어 다녔다. 그리고 마침내 한여름의 어느 날, 풀숲에 가만히 하나를 내려놓으니 하나는 아장아장, 비틀비틀 하며 30분이나 걷는 것이었다. 며칠 후에는 60분을 걷고, 다시 며칠이 지난 후에는 무려 90분이나 산책을 했다. 나는 너무나 큰 기쁨으로 가슴이 벅차올라 주변에 개의치 않고 큰 소리로 하나를 칭찬해주었다.

"정말 대단해, 하나 짱! 너무나 멋져! 엄마는 말이야, 이 순간을 기다렸어. 고마워!"

하나의 자발적인 산책은 약 2개월간 계속되어 나는 이대로 하나가 산책의 즐거움에 눈을 떴다고 믿었다. 믿고 싶었던 것이다, 나는. 가을에도 겨울에도, 이 상태로 산책이 가능할 거라고 한 치의 의심조차 하지 않았다. 아니, 의심하고 싶지 않았던 것이다, 나는.

그래서 여름이 끝날 때쯤, 길을 걷다 우연히 들른 가게에서 하나와 산책할 때 쓸 용도로 가을과 어울리는 색깔의 가방을 샀다. 그리고 다른 날, 가방 하나를 더 샀다. 그리고 또 다른 날, 바람과 추위를 막아주는 옷을 이것저것 입어보고 몇 년 동안 입을 생각으로 새로 장만했다. 모두 다 하나와의 산책을 염두에 두고 산 것으로, 격식을 차린 자리에서는 입지 못할 디자인과 재질, 색깔이었다. 항간에는 이런 옷을 '등산복' 패션이라고 하는 모양인데, 예순한 살인 내가 입으면 완전히 '산에 살고 있는 마귀할멈' 패션이 된다.

다시 말해 나는 이 정도로 하나가 스스로 산책하는 것에 미칠 듯 기뻐하며, 이제부터 함께할 사시사철의 산책을 두근거리는 마음으로 기대하고 있었다.

그런데.

그랬는데.

하나는 완전히 걷지 않게 되었다. 가을과 함께. 떨어진 낙엽처럼, 하나의 산책 의욕은 사라졌다. 하지만 나는 아직 포기할 수 없었다. 들리는 바에 의하면 산책을 싫어하는 개가 가끔 있는 듯했다. 하나가 특이한 케이스라고 할 수도 없다. 그러나 그런 말을 들어도 나에겐 위로가 되지 않았다. 특이한가 특이하지 않은가, 솔직히 말해서 그런 것은 어찌됐든 좋다. 나는 우리 하나가 자기 발로 산책하기를 바란 것이다. 산책 나가는 것을 즐거워하는 개이길 바란 것이다.

갑자기 걷지 않게 된 하나를 안고, 요즘은 얼마 동안 '안고 산책'을 이어가고 있다. 희망을 버릴 수가 없다. 헬렌 켈러의 그 기적의 "워터!"처럼, 하나가 어느 날 갑자기 안겨 있는 나의 품에서 '퐁' 하고 땅으로 내려서 '엄마, 나 걸을게요. 좀 걷고 싶거든요'라는 표정으로 나를 올려다봐줄 순간이

혹시라도 오지 않을까 하는 기대를 마음속에 지니고 있다. 물론 하나를 책망하거나 비난하는 말은 전혀 입에 담지 않는 다. 리드줄조차 싫어하는 하나에게 힘으로 끌어당기면서 폭 력을 행사하는 건 내가 원하는 바가 아니다. 꾸벅꾸벅 졸고 있는 하나의 귀 가까이 대고 "산책 진짜 좋아…… 진짜 좋은 산책……"이라고 살며시 속삭이는 수면 치료법 같은 것은 해보고 싶지만, 하지는 않는다. 실제로 내 본심의 3분의 2 정 도는, 이건 이것대로 어쩔 수 없는 일 아닌가, 하고 포기하는 마음도 있는 것이다.

　……라고, 걷지 않는 하나에 대한 안타까움을 쓰고 있는 데, 실은 일주일 정도 전에 하나는 갑자기 걷기 시작했다. 걷 고, 걷고, 결국 세 시간이나 활보했다. 다음 날 낮에도 90분 을 걸었다. 게다가 그다음 날도 45분.

　3일 모두 바람이 없는, 햇살이 환하고 따뜻한 날씨였다. 그것이 하나에게는 좋았던 것이다. 3일이라니, 나는 꿈을 꾸 는 것 같은 기분이었다. 하나가 걸었다. 산책을 했다. 그것도 자기가 먼저. 적극적으로. 하나를 칭찬해주었다.

"고마워, 하나 짱. 역시 너는 한다면 할 수 있어. 그런 아이였어."

그때 눈을 치뜨고 나를 올려다보던 하나의 눈을 나는 평생 잊지 못할 것이다. 정말 기분 나쁜 눈초리였다. 나를 멸시하는 듯한, 후훗 하고 코끝으로 웃는 듯한, 엄마를 속이는 거 별거 아니네, 하고 비웃는 듯한, 아주 심술궂은 장난꾸러기의 눈초리. 거의 한 달 가까이 막무가내로 걷기를 거부하고, 그렇게 하는 것으로 나의 무언가를 시험해본 걸까 하고 상상하게 될 정도로, 순간 복잡한 감정을 느끼게 했던 하나의 눈. 하나에게는 원래부터 이런 설명하기 힘든 면이 존재하는 것을 알고 있었기 때문에 아주 큰 쇼크는 받지 않았지만, 만약 인간의 아이나 손자가 그랬다면 난 견디지 못했을 것이다. 동시에 '상처받는 것이 싫다면 아이는 기르지 마라'라고 한 누군가의 말이 떠올랐다.

그러나 기적의 산책은 3일 만에 막을 내렸다. 이후로는 베란다까지 햇살이 충분히 들어오는 날에도, 하나는 산책에 나가고 싶다는 기척조차 하지 않았다. 깨끗하게 거절당한 것이다.

지금까지 길렀던 개들은 구로스케를 시작으로 모두 수컷이었다. 날씨가 좋거나 나쁘거나에 관계없이 모두 산책을 좋아했다. 어쩌면 그것은 마킹의 본능 때문일지도 모른다. 밖으로 나가서 자신의 냄새를 여기저기에 흩뿌리고 다니지 않으면 불안해서 견딜 수 없어서 그렇게나 산책에 집착한 것이다. 하지만 여자아이인 하나는 그런 어쩔 수 없는 본능도 없고, 산책을 해도 그만 안 해도 그만, 그저 자신의 기분에 따라서 행동하는 것일지도 모른다.

기적의 산책을 나간 첫날로부터 5일째 되는 날은 하나와 하루 종일 집 안에서 보내고, 산책에서 소비한 에너지를 보충하려고 부지런히 먹었다. 하나는 무엇이든 잘 먹는다. 우유도 아주 좋아하고, 배탈이 난 적도 없다. 오후에 소 힘줄고기를 마늘과 생강을 듬뿍 넣고 천천히 조리고 있으니, 하나가 줄곧 부엌에서 떠나지 않았다. 마늘과 생강으로 닭고기나 돼지고기 조림을 할 때도 같은 열의를 보이며 부엌에 붙어 있기 때문에, 고기의 종류는 무엇이든 가리지 않고 좋아하고 마늘과 생강도 좋아하는 것 같다. 때때로 내 옆에 와서 빨리 맛보게 해주세요, 라고 졸라대기도 한다. 몇 시간 후, 부드러워진 소고기를 후후 불어서 하나에게 건네니, 불과 1.5센티미터의 사각형 덩어리에 지나지 않는데도 하나는 그것을 다 먹고 난 뒤 너무나 맛있어서 넋이 나갔다는 듯 하늘을 올려다보며 가만히 서 있다. 그러고는 곧 몸을 옆으로 누이나 싶더니 완전히 깊은 잠에 빠지고 말았다.

기적의 산책으로부터 이럭저럭 일주일이 지난 오늘 아침, 침대에서 내려와 커튼을 여니 나의 손바닥을 촉촉하게 적실 만한 눈이, 바람을 맞아 비스듬히 날리고 있었다. 교외의 산골짜기가 아니라 삿포로 시내에 이런 눈이 내리는 것은 올해 들어 처음이다. 하나는 아직 침대에서 자고 있다. 언제나 함께 침대에서 자는데, 나보다 먼저 일어난 적이 없다.

"하나 짱, 눈이야. 겨울이 왔나봐."

그렇게 말을 건네니 하나는 검은 콩을 똑 닮은 눈을 번쩍 떴다.

□□□□

한도 가즈토시半藤一利◆의《그 후의 가이슈それからの海舟》를 구입해 바로 읽기 시작했다. 왠지 모르지만 가슴이 기분 나쁘게 떨렸다. 무시하고 계속 책을 읽어나가며 거의 속독으로 읽기를 끝내자, 그제야 서재로 쓰는 방의 책장에 눈이 갔다. 그러자 역시 있었다. 같은 문고판의, 같은 책이. 판권 페이지를 보니 이번에 산 것은 2010년 1월에 12쇄로 발행한 것으로, 전에 산 것은 2009년 7월에 나온 11쇄였다. 거의 1년 전에 구입한 것이다. 이전에는 이런 일이 없었다. 1년 전이 뭐야, 5년 전, 10년 전에 샀던 책도 분명히 기억하고 있었다.

◆ 수필가이자 역사소설가.《쇼와사》출간 후 크게 유명세를 탔으며, 일본 근현대사의 권위자로 인정받고 있다. 일본에서는 날카로운 지성, 영향력 있는 논객으로 유명하다.

함께 있어서
이렇게 행복한데

최근에는 1년 전에 샀던 것을 잊어버리고 다시 사기를 몇 번이나 반복하고 있다. 나이를 점차 깨달아간다.

조금이나마 위안이 되는 것은, 문득 다시 사버리고 마는 책의 저자가 내가 남몰래 멋대로 닮고 싶다고 생각하는 문장가들이라는 것이다. 나의 팬 심리가 작동해 무의식중에 다시 사는 것이다, 라고 스스로 변명을 한다. 가장 많이 다시 산 책의 저자는 고바야시 노부히코다. 왠지 모르겠지만 그의 에세이는 거의 가지고 있으면서도 서점에서 발견하면 아, 이거, 안 읽었다, 라고 머릿속에서 정해버리고 만다.

작년, 왠지 갑자기 한도 가즈토시가 쓴 쇼와 시대(1926년-1989년)의 역사를 읽고 싶어져서 서점에서 눈에 띄는 대로 책을 사왔다. 그런데 슬프게도, 아무리 읽어도 머릿속에 쏙쏙 들어오지가 않았다. 젊을 때와 다르게 몇 번이나 읽으려고 시도해봐도 무리였다. 아, 나는 결국 바보가 되었는가, 하며 침울해져 있다가 한도 씨의 쇼와 시대 역사 강의가 CD 서른여섯 장에 담겨 있는 것을 어느 광고에서 보고 바로 주문했다.

한도 씨의 쇼와 시대 역사 CD는 기대를 저버리지 않았다. 이해하기 쉬울 뿐 아니라 재미도 있어서, 완전히 바보가 될 뻔했던 나의 머리에도 물처럼 침투했다. 왠지 쇼와 역사의 대체적인 테두리를 희미하게 이해할 수 있는 듯한 기분이 들었다. 마루에 걸레질을 하면서, 부엌에서 야채를 손질하면서, 또는 하나에게 브러시질을 하거나 발바닥에 크림을 발라주거나 하면서 CD 서른여섯 장을 그리 긴 시간이 걸리지 않고 모두 들었다.

겉으로는 이해한 듯 보여도 전혀 이해하지 못하는 것이 최근의 내 경향이다. 그 자각은 어떻든 하고 있기에, 반년이 지나지 않은 시점에 CD를 다시 한 번 처음부터 듣기 시작했다. 두 번째로 들을 때는 밤에 침대에 들어가 누워서 옆에 놓인 CD플레이어의 스위치를 누르고…… 이렇게 이미 1년 가까이 하고 있는데 서른여섯 장의 첫 번째 CD조차 다 듣지 못했다. 왜 그런 걸까? 한도 씨의, 결코 젊지는 않은 남성의 목소리, 곳곳에 금이 간 듯한 구성진 목소리가 지금의 나에게는 마치 자장가처럼 기분 좋게 들리는 것이다. 그래서 학습

은커녕 잠의 세계로 향하는 속삭임으로써 작용하고 있는 것이다. 그것을 깨닫고 스스로도 깜짝 놀라기는 했지만, 어딘가에는 재미있어하는 내가 있다. 나이를 먹는다는 건 이런 일이었던가, 하는 신선한 발견이 있다.

어딘가가 풀어져버린 듯하다. 살아가기 위해서는 그때그때 긴장감도 필요하고 지지 않기 위한 기상도 필요한데, 언젠가부터 그런 것들이 확연히 줄어들고, 나날이 감소해가고 있는 듯하다. 편하긴 하다. 편하긴 하지만, 대체 어디까지 느슨해져야 이 느슨함이 끝나는 것인가 하는 일말의 불안감도 존재한다.

10대 시절부터 시작해 바로 3, 4년 전까지만 해도 활자중독이었던 내가, 언젠가부터 잡지나 주간지를 합쳐도 한 달에 열 권도 읽지 못하는 독서량이 되어버렸다. 시력의 쇠퇴가 원인이 아니라, 집게손가락이 움직이지 않게 된 것이다. 서점보다 근처의 비디오 대여점에 부지런히 다니고, 해외 드라마 시리즈를 빌려와 책을 대신한다. 분명히 책을 읽는 것보다 이쪽이 훨씬 쉽고 편하기 때문일 것이다.

《그 후의 가이슈》와 함께 구입한 시모자와 간子母沢寛의 《승해단》(전6권)은 읽기 쉬운 큰 활자본인 것이 기뻐서, 그렇게나 마음을 굳게 먹고 여섯 권을 한 번에 계산대에 가져갔으면서 1권도 제대로 끝까지 읽지 못한 채 2권으로 나아갈 기력이 아무래도 생기지 않는다. 이것도 읽는 내 쪽의 자세에 문제가 있는 것임은 말할 필요도 없다.

나는 옛날부터 일본의 역사에 관심이 많아서 그때그때마다 여러 저자의 여러 역사 해석이나 인물 평전에 자극을 받거나 흥분하곤 했다. 하지만 예순한 살이 된 지금은 그런 종류의 책을 읽을 때마다 "아, 이것도 전에 읽었다" "이건 저기에 쓰여 있었지" 하고 말할 정도로 기시감이나 복습 감각이 먼저 달려오고, 이전과 같이 선입견 없이 순수하게 즐기지 못하게 되어버렸다. 오래 산 증거라고 해도 좋을까. 아니면 무슨 일이든 하나하나 트집을 잡고 싶은 시누이 근성이 지금에서야 갑자기 발현된 것일까. NHK 대하드라마 〈용마전〉은 화면 속 막부 말기의 젊은이들이 서 있는 땅의 흙먼지와 등장인물들의 땀과 노성에 지치면서도 매주 꾸준히 보고 있었는데, 기시감이 너무나도 빈번해진 탓에 묘하게 피로해져 도중에 포기하고 말았다.

젊은 시절에는 절대 이렇지 않았는데, 라고 스스로도 어이없어지는 일이 예순 살이 되고부터는 부쩍 늘었다. 예순, 예순한 살을 보낸 요 2년간 그 변화를 스스로도 확실히 자각한다. 물론 노화는 '성숙'처럼 개인차가 있어서, 나에게 일어나는 현상이 누구에게나 일어나는 것은 아닐 것이다.

그저 아버지와 어머니의 예순한 살은 어땠나, 주변 어른들은 어떤 말과 행동을 보였나 하고 기억을 돌이켜보면, 아무래도 나의 부모님은 지금의 나보다는 훨씬 더 에너지 넘치고, 관심이 외부를 향해 있었던 것 같다. 인생 그 자체를 즐기려는 의지가 아주 왕성해서 지금의 나보다 몇 배는 생기 있는 예순한 살을 살았던 것 같다, 고 생각한다.

선 채로 말라죽은 상태이리라, 나의 경우는. 욕구도 야심도 성적 매력도 언젠가부터 증발되어버린 나날. 그 무엇도 없는 평온으로, 일단 건강하게 있는 것을 특별히 겸손하게 포장하지도 않고 솔직하게 감사하다고 여기고 있다. 인생의 덤이라고도 할 수 있는 하나도 내 옆에서, 내 마음속에 남은 아주 작은, 누군가를 사랑하고 싶다는 희망을 충분히 이뤄주고 있다. 인간을 사랑할 정도의 양에는 부족하고, 체중 3킬로그램인 하나에게 쏟기에는 조금 넘치는 분량의 사랑이다.

삿
포
로
의　겨
울
을　나
려
면

올해, 삿포로에 첫눈이 내린 것은
10월 마지막 주였다. 근교의 산이나 언덕이 아니라 삿포로
시내에 말이다. 10월의 삿포로에 첫눈이 내린 것은 6년만이
라고 지역 텔레비전 방송국이 전했다. 요 5년간 삿포로의 첫
눈은 10월이 아니라 11월에 내렸다고 한다.

언제부터 그렇게 되었지? 뉴스를 보고 나는 무심코 스푼
을 든 손을 멈추고 텔레비전 화면을 돌아보았다. 난방을 튼
따끈따끈한 실내에서, 하나에게 아이스크림을 먹이던 때였
다. 삿포로의 첫눈은, 확실히 10월과는 안 어울린다.

그러나 잘 떠올려보면 나의 기억은, 첫눈을 로맨틱하게 기억하고 싶은 민감했던 10대부터 30대 말까지에 멈춰져 있다. 그 후 내가 로맨틱한 일들로부터 점점 멀어지는 동안 지구의 환경, 여러 기후 변화에 따라 삿포로의 첫눈도 10월에서 11월에 내리게 되어버린 듯하다.

겨울의 적설량도 내가 초등학생일 때는(이라고 가볍게 써버리고 말았지만, 이것도 잘 생각해보면 벌써 50년이나 된 옛날옛적 이야기다!), 단층집이 눈으로 묻혀버릴 정도로 왕창 내렸는데, 최근에는 집들이 눈에 파묻힌다는 이야기는, 적어도 삿포로에서는 거의 듣지 못했다. 북해도의 지역에 따라서는 역시, 집이 눈에 묻혔다는 이야기가 겨울이 되면 몇 번쯤은 들리곤 한다. 하지만 그런 경우는 적설량 외에도 지형이라든지 풍향과 바람의 강약, 인구밀도, 게다가 집들의 노후화 정도 같은 것도 관계가 있기 때문에 일률적으로 대설 탓이라고는 할 수 없다.

현재의 삿포로에서는 상식이 된 단열 공법이지만, 3, 40년 전 집을 지을 당시에는 아직 초기 단계였기 때문에 결과적으로 부실공사가 되는 경우가 있었다. 또 예전엔 난방이라고 하면 석탄스토브나 조금 더 발전된 방식의 석유스토브가 고작이었는데, 최근의 주거는 난방 설비도 더할 나위 없이 정말로 훌륭하고 따뜻하다. 특히 지금 나는 14층 맨션의 9층에서 생활하고 있어서, 여러 가구가 모여 사는 데서 오는 따뜻함을 실감한다.

4년 전까지 살았던 독채 주택은 아무리 바닥 난방과 중앙 난방 설비를 갖추고 있었다 해도, 겨울 내내 어디인지 알 수도 없는 곳에서 서늘한 냉기가 기어들어와, 가만히 있으면 자연스럽게 몸이 차가워지곤 했다.

또 삿포로의 독채 주택에는 눈을 치우는 문제도 있다. 우리 집도 현관문부터 대문까지 차가 출입할 수 있는 공간에 눈이 쌓이면 꽤 문제였다. 벽돌 바닥 아래에 깔아놓은 온수관을 이용해 눈을 녹일 수 있었지만, 이 방법은 등유값이 꽤 들었다. 지붕에서 떨어지는 눈에는 대응할 수 없기도 해서 결국은 사람의 손이 필요했다.

많은 눈이 하루 종일 내려 적설량이 30센티미터에서 1미터 이상이 될 때는 지붕에서 떨어지는 눈도 하루에 서너 번이나 된다. 우리 집 베란다도 우드덱으로 만든 곳은 눈을 녹일 아무런 설비도 없어서, 눈이 떨어지면 떨어지는 그대로 눈이 쌓이고 쌓여, 때때로 절반은 고드름이 된 눈이 덩어리져 섞여 있기도 했다. 아예 단념하고 놔두면 그것이 베란다의 유리창을 삐걱삐걱 압박하기 시작한다. 그래도 놔두면 눈이 유리창을 깨기도 한다. 크고 작은 것을 합해 몇 장의 유리창이 깨졌는지 나중에 살펴보니 가로 폭을 합해 약 6미터나 되었다.

눈이 많이 내리는 날이면 나는 아침부터 커다란 한숨을 내쉬고 벌써부터 기력을 잃은 채 각오를 한다.

'오늘은 하루 종일 베란다에 쌓인 눈에 시달리겠구나. 녹초가 될 때까지 눈에 괴롭힘을 당한다······ 아아, 싫다, 싫어. 어쩔 수 없는 일이지만, 역시나 싫구나.'

눈을 청소하는 도구는 가을 동안 홈센터에서 조달해온, 가볍고 쓸어 담기 좋은 플라스틱 삽이다. 썰매처럼 생긴 눈을 옮기는 도구 같은 건 대체로 겨울 한철 쓰고 나면 못 쓰게 되어버린다.

베란다에 쌓인 눈 청소를 한 번 하면, 온몸이 땀으로 젖어 샤워를 하지 않으면 안 된다. 머리카락은 땀 때문에 이미 샤워를 한 듯한 상태다. 청소를 한 번 하는 데 내 체력으로는 거의 60분이 걸린다. 샤워를 하고 나면 너무나 지쳐버려서 다른 일은 아무것도 하지 못한다. 눈이 크게 온 날은 이런 일을 하루에 서너 번 반복한다. 피로는 다음 날이 뭐야, 다 다음 날이나 되어야 풀리고, 어중간하게 두었다간 며칠이나 더 질질 끈다.

도대체 폭설이 내리는 날은 겨울 한철에 몇 번이나 있는 것일까. 지금도 떠올리고 싶지 않고, 당시도 가능하면 잊고 싶어서였을까, 잘 생각나지 않는다. 그저 겨울이 되면, 나는 언제나 가벼운 우울감에 빠져 있었던 것, 그것과 내린 눈에 대한 부담은 무관하지 않았다는 생각이 든다.

원래부터 체력이 부족하다는 자각은 있어서, 혼자 힘으로 해결하려 하기 전에 다른 사람에게 몇 번이나 눈을 치우는

삿포로의
겨울을 나려면

작업을 의뢰하기도 했다. 처음에는 가까이 사는 기혼의 60대 남성에게 부탁했다. 그 사람은 폭설이 내리고 나면 곧장 와주었다. 쓸데없는 말도 하지 않는, 나로서는 대하기 쉬운 타입이었다. 수고비는 그때마다 바로 지급했다.

겨울을 그렇게 무사히 보내고 다음 해 겨울도 그 남성에게 부탁하려고 생각하고 있었는데, 여름 어느 날 그 남성이 홀연히 나타났다. 돈 좀 빌려줄 수 없을까요, 하고 갑자기 말을 꺼냈을 때는 정말 깜짝 놀랐다. 이번 여름에 뇌경색으로 쓰러져, 심한 상태는 아니지만 뭔가 불편한 것이 있어서 돈이 필요하다는 것이었다. 조금도 후유증이 없는 듯 그렇게 설명을 하는 말투는 건강한 사람과 다르지 않게 순조로웠지만, 청소 작업을 할 때의 의뢰인과 피의뢰인이었을 뿐 세상 사는 이야기 한번 나눈 적이 없는 나에게 염치없이 돈을 빌리러 오는 것 자체가 후유증이 아닌가, 하고도 생각되었다. 게다가 그 얼굴에는 꺼리는 기색이라든가 부끄러움, 혹은 악함이라고 부를 만한 표정 따위는 전혀 보이지 않았다. "미안해요. 안 될 것 같아요"라고 내가 대답하자 "아, 그래요"

라고 시원시원하게 납득하고 돌아가는 그 빠른 태세 전환도 이상했다.

그 뒤에도 이런 일을 전문적으로 하는 업자나 지인으로부터 방설 작업을 해주는 남성을 소개받기도 했지만, 그때마다 내가 여자가 아니라 남자라면, 혹은 나에게 남편이 있다거나 그와 비슷한 남성 동거인이 있다면 이런 불편한 일은 없을 텐데, 하고 생각하는 일이 점점 늘어, 나는 타인에게 부탁하는 것 자체에 완전히 질려버리고 말았다.

엄마와 나, 여자 둘만 있는 가정. 게다가 엄마는 반신불수이고 딸인 나로서도 노파에 가까운 나이가 되니, 아예 처음부터 깔보고 들어오는 남성들이 너무나도 많아 아주 질릴 정도였다. 예를 들어 겨울에 내리는 눈의 방설 작업을 의뢰하는 것인데, 아직 눈도 오지 않은 10월 상순에 갑자기 찾아와 일괄 지불을 요구한다. 거절하면 토라져서 말을 들은 척도 않고, 그러면 그만두라며 불평을 한다. 여성이라도 체력이나 힘에 자신이 있는 사람이 분명 존재할 테지만, 방설 작업을 하는 여성 작업자는 아직 없는 듯했다.

방설뿐만 아니라 집 한 채를 유지하는 데 드는 잔걱정으로부터 해방되고 싶었기에 나는 맨션에 들어가 살고 싶었지만, 몸이 불편한 엄마가 '나는 이 집에서 죽고 싶다'고 간절히 원하는 눈빛이었기에, 그 이상으로 강요하기는 망설여졌다.

　맨션에서 산 지 벌써 5년, 겨울이 올 때마다 주택에 살지 않아서 다행이다, 라고 하루에도 몇 번이나 생각한다. 거리가 눈으로 덮이는 12월부터 다음 해 3월 말까지, 집에 관한 걱정을 하지 않아도 되는 즐거움을 매주 되씹는다. 방설에 대한 것, 등유탱크의 잔량 체크, 난방 설비의 상태가 좋지 않은 것과 최악의 경우에는 작동이 멈춰버릴 수도 있다는 공포, 그리고 그날이 폭설로 교통 정체가 심한 날이라면 난방 기구를 고칠 수리업자를 불러도 자칫하다가는 반나절이 걸릴지도 모른다는 것. 이런 종류의, 아마도 눈이 내리지 않는 곳에 사는 사람들에게는 바로 와닿지 않을 듯한 설국 특유의 귀찮은 일들이 몇 가지나 있다.

　겨울마다 내가 가벼운 우울증에 걸리는 것도 당연한 일이었지, 하고 지금 와서 새롭게 깨닫는다. 그때는 왜 이유도 없이 기분이 가라앉는 것인지 스스로도 그 정체를 밝혀낼 수 없었다. 지금은 방설 대책을 시작으로, 사는 곳에 대한 전반적인 일은 상주하는 관리인을 포함해 맨션 관리회사가 모두 처리해주고 있다. 정말 감사한 일이다.

일단 첫눈이 온 후에는 아주 맑은 날씨가 한동안 이어지는 것이 거의 정설이다. 실제로 다음 날부터 한동안 잿빛이었던 하늘이 딱 두 동강이 나고, 그 속에서 새파란 또 하나의 하늘이 나타난 것처럼 화창한 가을 날씨가 되었다. 햇살도 눈부실 정도로 찬란하게 쏟아졌다.

짧은 가을 동안의 낙엽을 즐기고 싶어서, 요 며칠간 나는 하나와 함께 크고 작은 나무들이 많이 있는 공원을 이리저리 뛰어다니고 있다. 정말 숨이 멎을 정도의 아름다움이다. 빨강, 노랑, 갈색, 금색, 녹색의 색조가 미묘하게 겹쳐 있거나, 각각의 나무들이 각각의 옅고 짙은 색채를 머금은 채 자신을 강하게 주장하고 있다. 정말이지 멋진 광경이다.

가을 단풍을 이렇게도 느긋하게 즐기는 건 십 몇 년만일지도 모른다. 그동안은 느긋하게 즐긴다, 라는 그 마음이 왠지 생기지 않았다. 가까운 사람이나 소중한 리키의 죽음을 눈물이 마를 정도로 끝까지 지켜봐야 했던, 인생에 붙어 있는 얄궂음 때문일 것이다.

공원의 단풍을 긴 시간 동안 가만히 느끼려면 방한복으로 대비하는 것이 필요하다. 삿포로의 11월 바깥 날씨는 초순이라고 해도 꽤 춥다. 아직 영하로는 내려가지 않았다 해도 기온은 대부분 10도 이하, 여기에 바람이 더해지면 말도 안 되는 추위가 된다.

나 자신의 방한은 물론 밖으로 나가도 걷고 싶어 하지 않는 하나에게도, 제대로 3겹으로 무장을 시킨다. 얇은 다운재킷을 입은 내 양팔에 감싸이듯 하나는 안겨 나간다. 이렇게 하면 추울 리가 없는데도 하나는 일부러 몸을 떤다. 거기다 1만 3천 엔이나 하는 고성능 빨강 레깅스의 소매로부터 나온 앞발을, 그것도 한쪽만 당겨 들여 바깥 공기에 닿지 않게 하며 미세한 곡예까지 펼친다. 아예 이거 보라는 듯 행동하기 때문에, 정말이지 대단하다, 라는 생각까지 든다.

스몰사이즈 개의 레깅스 한 벌에 1만 3천 엔이라니! 누군가를 붙잡고 불쾌함을 말하고 싶어진다. 이렇게 비싼 것을 하나에게 사줘도 되는 걸까? 누군가에게 혼나는 거 아닐까? 여기저기 다 불경기에, 일자리를 얻지 못하는 사람들이 넘치는 시대에, 고작 개를 위해서 이렇게까지 돈 낭비를 하는 게 용서가 될까…… 그 한 벌을 살까 말까 고민하며, 나는 매장에서 수십 분을 망설였다.

하나에게 입혀본 횟수만 세 번, 사지 않을 이유를 어떻게든 찾으려고 입혀본 것이었지만 반대로 이 레깅스가 얼마나 잘 만들어졌는가를 그때마다 통감하고 말았다. 죽은 리키와 함께 지내던 15년간, 가끔 개의 옷을 샀던 경험으로 봐도 그렇다. 사려 깊게 생각한 디자인이나 소재의 선택, 확실한 봉제선이 이의 없이 나의 눈과 손끝에 전해져왔다.

하지만, 비싸다. 1만 3천 엔은, 역시 너무 비싸다. 기세가 꺾여 있는 나의 옆에서, 부모와 자식으로 보이는 일행 중 50대로 보이는 부모 쪽이 큰 목소리로 외쳤다.

"어머, 이것 봐. 이 가격! 좋은 재질이라고 생각했더니 1만 3천엔이나 하네. 무리야, 무리. 우리한테는 진짜 무리. 너무 비싸!"

1만 3천 엔이라는 높은 가격을 정면으로 비난하는 목소리다. 나는 그 말이 나에게 퍼붓는 것인 양 몸을 움츠리고, 눈을 내리깔고, 머리를 숙인 채 받아들였다. 그렇다, 이 비난이야말로 정당한 것이리라. 나 역시 한 벌에 1만 3천 엔 하는 개의 옷이라는 건, 지금까지 산 역사가 없다. 죽은 리키에게 가장 비싸게 사준 옷은 7천 엔이었던 겨울용 다운점퍼였다. 그것도 살까 말까 매장에서 꽤 오랫동안 망설였다. 망설인 것치고는 한 벌이 아니라 두 벌을 한꺼번에 구입하며 폭주했지만. 뭐 그래도 그때는 눈이 뒤집혔다기보다, 어찌할 수 없는 나의 괴상한 버릇 때문이었다. 시간을 들여도 둘 중 하나를 고를 수 없을 때는 고르기를 포기하고 그냥 둘 다 사버리는 것이다. 내가 저지르는 짓의 어리석음을 잘 알고 있으면서도 빨리 그 망설이는 상황에서 도망치고 싶은 마음으로 일단 두 개 다 손에 넣는 길을 택한다.

그러나 7천 엔 다운점퍼 두 벌은 기대 이상으로 도움이 되었다. 겨울 날씨가 어떻든 산책을 나가고 싶어 하는 리키에게 추위를 차단해주는 역할을 했던 것이다. 언제나 추워서 바들바들거리며 떨었는데, 다운점퍼를 입은 후로 그 떨림이 뚝 그치게 되었다. 거기다 두 벌이나 있으니, 아침 산책에서 눈이나 진눈깨비로 흠뻑 젖어도 다음 오후 산책 시간까지 한 벌이 마르지 않아도 전혀 곤란하지 않았다. 겨울 동안 대활약을 펼친 이 두 벌의 다운점퍼는 봄이 되면 드라이클리닝을 맡기고, 나 나름대로 소중하고 소중하게 보관했기 때문에 리키가 죽고 난 후인 지금까지도, 착실히 내 곁에 남아 있다. 개의 다운점퍼를 클리닝 맡길 때마다 세탁소 주인의 실소를 사긴 했지만.

예전에는 개를 입힐 7천 엔의 다운점퍼 두 벌, 합계 1만 4

천 엔이라는 금액을, 얏, 하는 기세로 내민 적도 있지만, 역시 나이를 더해가면서 나약함과 구두쇠 근성이 나오는 걸까. 1만 3천 엔인 하나의 레깅스를 사는 결심이 좀처럼 서지 않는다. 망설이고 망설이는 사이에, 고민하는 것에 질려버려서 일단은 그 매장을 떠났다. 머리가 어질어질해졌기 때문이다.

그곳은 삿포로 교외에 있는 커다란 홈센터 1층을 임대해 사용하는 펫숍으로, 안에는 실내 애완견 운동장부터 사진관, 셀프 샴푸장, 미용 코너까지 있다. 투명한 유리창 저편으로 개들이 보일 수 있게 꾸며놓은 장소다.

1만 3천 엔짜리 레깅스를 머리에서 내쫓아버리기 위해 50퍼센트 할인하는 러닝복을 몇 벌 고르고, 울 후드가 달린 까만색과 빨간색 체크무늬 코트와 크리스마스 트리 모양이 달린 새먼핑크색 벨벳 코트, 속에 기모가 있고 겉에는 눈을 맞아도 젖지 않게 방수코팅된 후드 달린 감색 코트를 땀투성이가 될 때까지 열심히 골랐다. 하나에게도 착실하게 입혀보았기 때문에 사이즈가 실패할 일은 없다. 전반적으로 합리적인 가격이다. 레깅스 한 벌에 그렇게나 기가 꺾여 있던 나는, 그만 나도 모르게 신바람이 나서 이것저것 마구 사들이고 말았다.

죽은 리키가 아직 어린 강아지였던 15, 16년 전 삿포로에는 애완견 옷을 취급하는 펫숍은 한정되어 있어서 옷 자체의 개수도 적고, 가격은 놀랄 만큼 비쌌다. 백화점의 아동복 매장의 옷 가격과 비교해도 별 차이가 나지 않았다.

나에게 딱히 개에게 옷을 입히는 취미가 있었던 건 아니다. 다만 초소형견인 요크셔테리어 리키는 다 커서도 줄곧 3킬로그램, 그 때문인지 정말 추위를 많이 탔다. 그래서 혹시나 싶어 강아지용 러닝복이나 코트를 입혀보니 갑자기 기운을 차렸다. 움직임도 활발해졌다. 그 이후로 강아지용 옷을, 특히 겨울 산책용 옷을 의식해서 사게 되니, 어렸을 때 인형놀이를 하며 옷을 갈아입히던 즐거움이랄까 재미가 되살아나서 개의 옷을 갈아입히는 일에도 박차가 가해졌다.

하지만 옛날에는 애완견용 옷 가격이 비싼 데다 물건도 많지 않았기에 한 벌을 못 입게 되어버리면, 네, 그럼 다음, 이라는 말이 불가능했다. 그래서 산 옷의 취급도 자연스럽게 정성스러워졌다. 1회 산책에 입고 나간 옷은, 집에 돌아오면 바로 벗겨서 비누로 세탁한다. 개는 냄새에 민감하니까 향이 나지 않는 것으로 하고, 오래 입히기 위해 옷을 덜 상하게 하는 손세탁을 하는 것이다. 절대로 세탁기로 빨면 안 된다. 내 옷은 휙휙 세탁기에 던져 넣어도 아무렇지 않았지만, 리키의 옷은 꼭 손빨래, 다운점퍼는 드라이클리닝을 맡겼다.

분명히 그 때문일 테지만 리키가 죽은 다음 리키의 옷이 잔뜩 남았다. 몇 개는 색이 바래고, 천이 부들부들하게 얇아진 것도 있지만, 아직은 착용 가능한 상태다. 하지만 리키 특유의 체취는 분명히 배어 있다. 색깔은 남자용으로 통일되어 있고, 꽃무늬나 핑크색은 없다. "죽은 개의 옷 따위 빨리 처분해야지"라고 쌀쌀맞게 말하는 사람도 있었지만, 나는 아무래도 그것들을 처분할 기분이 나지 않아 캔버스 천으로 만든 상자에 정리해 넣고 항상 곁에 두었다. 그리고 2개월 뒤 나에게 온 강아지 하나는, 거실에 들어오자마자 쏜살같이 그 상자로 돌진해, 뿅 하고 안으로 들어가 리키의 냄새가

밴 옷에 코를 들이밀고 기쁜 듯이 짧은 꼬리를 마구 흔들었다. 그날부터 리키의 낡은 옷을 넣은 상자는 하나의 휴식 공간 중 한 곳으로 쓰이고 있다.

그렇다. 그렇게 넘쳐날 정도로 많은 리키의 옛날 옷을 하나에게 물려주면 되지 않은가. 작년 가을, 환갑을 맞이하고 반년 후의 나는 '절약'이라는 문자를 머릿속 한구석에 떠올리며 스스로에게 들려주듯 그렇게 생각했다. 아무래도 절약하는 습관이 들지 않아, 모든 것에 '절약' '절약'이라고 선창하며, 마치 제대로 절약을 실천하는 것처럼 착각하던 상태였다. 그러면서도 스스로를 속이고 있다는 건 충분히 자각하고 있었다.

하나의 옷은 리키의 옛날 옷으로 때우자고 결심한 작년 가을겨울, 새로운 옷은 한 벌도 사지 않았다. 나는 차분한 마음이었다. 하지만 올해 눈이 녹기 시작하고, 달력 날짜는 봄을 가리키고 있지만 겨울의 추위가 계속되던 어느 날, 리키가 물려준, 색이 바래고 어딘지 모르게 쭈글쭈글해진 검은색과 녹색의 밀리터리 러닝복을 작고 아담한 하나가 입은 모습을 보고 있노라니 갑자기 죄책감이 밀려들었다. 적어도 한 벌 정도는 빨간색이나 핑크색의 러닝복을 사줘도 되지 않을까. 하나에게는 한 벌도 새 옷을 사주지 않았으면서, 나 자신은 대체 이번 가을겨울에 몇 벌이나 되는 옷을 새로 샀나? 그 한 벌 가격으로 하나의 러닝복을 몇 벌이나 살 수 있는지 계산한 적이 있었나? 절약 정신을 하나에게만 적용하고, 그것으로 만족한 채 자기 자신은 절약으로부터 빠져나와 있었다니, 어떤 생각을 가진 부모가 그렇게 하는가. 나는 바로 하나를 안아주었다.

"미안해, 하나 짱, 엄마가 미안해."

그때부터 빨간색을 기본으로 정하고 조금씩 하나의 옷을 사기 시작했지만 이미 계절은 봄으로, 여름을 보내면서도 고작 얇은 러닝복밖에 필요하지 않았다. 거기다 하나가 직접 걷는 산책은 한결같지가 않아 걸었다가 걷지 않다가를 반복했다. 그때마다 나의 기분도 흔들려서, 하나의 연간 의

류 플랜을 심각하게 생각하지 않았다.

그러다 하나가 맞이한 두 번째의 이번 가을, 본격적으로 가을겨울용 새 옷을 사줘야지, 하고 하나를 데리고 교외에 있는 대형 홈센터에 지하철과 택시를 갈아타고 도착했다. 그리고 한 벌에 1만 3천 엔짜리 레깅스에 발이 잡힌 것이다. 하나의 러닝복을 바겐세일로 몇 벌 구입하고, 코트를 세 벌 사고, 산 김에 산책할 때 쓰는 리드줄과 하네스도 빨간색과 감색 두 타입으로 구입하고(이 물건들도 리키가 쓰던 예전 것들이 충분히 남아 있었다), 삐익삐익 소리를 내는 거북이와 메론빵 장난감을 고르고, 그러면서 예의 레깅스 판매장에는 가까이 가지 않도록 줄곧 마음을 썼다.

나 자신이 이해가 안 되었다. 왜 이렇게도 망설이고 있는 것일까. 결단을 내리지 못하는 것일까. 조금 전부터 레깅스 이외의 것들로 이미 1만 3천 엔은 충분히 넘었는데, 왜 레깅스를 눈엣가시처럼 여기며 손에 넣는 것을 피하고 있는 것일까.

하나를 안고 넓은 플로어를 이래저래 돌아다니는 중에,

갑자기 내 머릿속 톱니바퀴가 딱 맞춰졌다. 그랬다! 얼마 전, 환급되지 않는 의료보험을 해약했을 때, 예기치 않게 돌려받은 돈이 2만 몇 천 엔 계좌에 들어왔다. 그것을 레깅스 값이라고 여기면 된다. 이것으로 수지 결산을 맞출 수 있지 않은가. 그렇다, 결산이 맞다, 라고 그때는 진심으로 마음을 놓았지만, 어떤 결산이 어떤 식으로 맞는 것인지는 잘 따져보면 설명이 되지 않는다. 그때 나의 심리도 전혀 이해가 되지 않는다. 생판 남의 마음을 들여다보는 듯하다.

어찌되었든 간에 그렇게 겨우 나는 납득하고, 카트를 밀고 레깅스 판매장으로 서둘러 돌아가서 어떤 주저함이나 망설임도 없이 레깅스를 집어 들었다.

마지막까지 남겨져 있던 그 의료보험을 해약한 것은 예전에 계획한 일 중 하나였다. 보험료는 아주 적은 금액이었지만, 60세를 넘었기 때문에 가능한 한 신변 정리를 미리 해두자고 생각한 것이었다. 남편도 자식도 없기 때문에 더욱 그런 기분이 강하게 든 것일지도 모른다.

60세가 지나고 나서 신변 정리를 해두고 절약하는 생활을 하자고 마음먹은 주제에, 하나를 가족으로 받아들인 것은 모순 그 자체일지도 모르겠다. 하지만 나의 머릿속에 순간적으로 번뜩인 수지 결산이라는 것은, 의외로 이런 것일지도 모른다. 손에서 놓는 것과 새로이 손에 들어오는 것의 균형을 맞추는, 나 나름대로의 인생의 밸런스 시트. 살아가는 것에 대한 체념과 희망의 밸런스 시트.

이 수지 결산 장부에 아주 커다란 착오가 발생해 누가 봐도 '어디서 어떤 식으로 계산이 맞는 거야?'라고 고개를 갸웃거리게 되는 때는, 나이가 들면서 육체가 쇠퇴하고 병들어 나 자신의 인격 자체가 망가지기 시작하는 때일 것이다.

망가지기 시작하면, 그때는 아마 망가진다고 하는 자각조차 없을 것이 틀림없다. 그렇기 때문에 그렇게 되기 전에, 제정신으로 있을 때에 내 주변에 넘치는 것들을 처분하고 정리해두고 싶다. 그러나 제정신일 때 신변 정리를 해둔다는 것은, 어쩌면 일정한 나이가 되기 전의 사람들이 모두 꿈꾸는 '나이 듦에 관한 동화' 중 하나일지 모른다. 귀여운 할머니를 목표로 하고, 풍류를 즐기는 할아버지를 꿈꾸는 것처럼, 저렇게 되고 싶다, 이렇게 하고 싶다, 라고 생각하는 것. 실제로는 많은 사람이 발에 차이는 작은 돌처럼 별안간 데 구르르 굴러 죽음에 이르게 되는 것이 현실이니까.

그래, 모두 어른이 되었네

거의 매일같이 하나를 데리고 근
처의 DVD 렌털숍에 가서 DVD를 빌려 와, 텔레비전 앞에
서 긴 시간을 보내는 날들이 잠시 동안 이어졌다. 빌려오
는 것은 외국 드라마 시리즈가 많고, 가끔은 신작 영화에도
손을 내민다. 드라마 시리즈는 도대체 언제쯤이면 '끝'이나
'완결'이 나는 것일까, 하고 생각되는 그 끝없는 길이가 나
에게는 매력적으로 다가오기 때문에 길면 길수록 고맙다.
끝없이 이어지는 긴 드라마를 보노라면 등장인물이 타인이
라고는 생각되지 않는 가까운 거리로 다가오는 데, 그 역시

나에게 있어서는 작은 재미다.

장르나 나라를 가리지 않고 모든 종류의 드라마를 좋아한다, 라고 하고 싶지만, 또한 그렇게 되는 것이 희망사항이지만, 아무래도 나와는 맞지 않는 종류도 있다. 날 잡고 몇 차례나 도전해봤지만, 아직까지 전혀 진도가 나가지 않는 것이 한류 연애 드라마로, 예전에 일대 붐이었던 〈겨울 연가〉 때부터 나와는 완전히 맞지 않았다. 어떤 부분이 좋은지 전혀 알 수 없었다.

자주 다니는 렌털숍에는 한국 영화나 드라마 DVD가 몇 개의 선반에 걸쳐 쭉 늘어서 있어, 그것을 보면서 '분해'라고 나는 마음속으로 중얼거린다. 아기를 앞주머니에 넣은 캥거루처럼, 펫가방에 넣어 함께 가게에 데려온 하나에게 그 장소에서 무심코 이렇게 속삭인 적도 있다.

"왜일까, 하나 짱. 왜 엄마는 이쪽에 약할까. 하나 짱, 엄마는 분해, 정말로, 분해."

나는 탐욕스러운 인간이라서 많은 사람이 즐거워하거나 기뻐하는 것을 나도 똑같이 느끼지 못하면, 나는 왜 이렇게 안타깝게 살고 있는 것일까, 하고 그 자리에서 발을 동동 구르고 싶어진다. 그중에서도 음식에 대해서는 이런 탐욕스러움이 보통 이상으로 발현되어서, 내 미각이 받아들이지 못하고 거부하는 음식을 정말이지 맛있다는 듯 먹는 사람이 있으면 그 손가와 입가를 무의식중에 빤히 보고 마는 나쁜 버릇을 가지고 있다.

그런 내가 음식 중에서 아무리 연습을 해도 극복할 수 없었던 것이 고기 비계, 소위 기름기 부분이다. 참치의 도로(참치 부위 중 기름이 많은 부분)나 살짝 데친 고기, 고등어나 방어 같은 어류의 지방이 많은 부위도 못 먹는다. 프라이 같은 튀김 종류는 정말 좋아하지만, 이 또한 나이가 들면서 소화기능이 약해져 1년에 손에 꼽을 정도로만 먹게 되었다.

돌아가신 어머니는 나와는 정반대로 돌아가실 때까지 비계나 지방이 많은 것을 '광적으로'라고 해도 과언이 아닐 만큼 정말 좋아했다. '진심'이라는 말이 붙을 정도로 좋아했다.

그래서 지방이 고루 붙은 조금 통통한 고등어구이 한 마리를 먹을 때는, 어머니와 내가 나눠 먹으면 딱 좋았다. 기름진 고등어의 윗부분을 어머니가, 지방이 적은 아랫부분을 내가 먹었다. 서로 그것이 취향이기에 조바심을 낼 필요도 없었다.

어머니는 고기의 비계 부분도 정말 잘 드셨다. 진짜 맛있다는 듯이 입에 넣는다. 아이였던 내가 살코기 부분만 먹어 치우고 비계를 남기면, 눈을 가늘게 뜨고 그것을 음미했다.

그런 어머니의 표정이나 손가락으로 입술을 닦는 그 움직임을 물끄러미 바라보고 있는 것이, 나는 좋았다. 그런 식으로 지방을 먹을 수 있게 되고 싶다, 비계의 맛에 눈을 뜨고 싶다, 맛있어! 라고 느낄 수 있게 되고 싶다, 고 마음에는 희망과 동경과 식욕이 뒤섞여 가득 차올랐다.

"참치 도로만큼 맛있는 건 이 세상에 없어!"라고 단정 지어 말하는 친구들에게, 그렇다면 아예 회전 초밥집이 아니라 전통 있는 초밥집을 가자, 하고 일대 결심을 하고 도로를 먹으러 갔을 때도, 나는 도로를 계속해서 모조리 먹어치우는 그녀들의 행복한 얼굴을, 선망이 뒤섞인 눈으로 바라보기만 했다. 도로의 맛있음을 나도 언젠가 분명히 알게 될 것이다, 성공한 모습을 꼭 보여줄 것이다, 절대로 알게 될 것이다, 라고 마음속으로 의지를 다졌지만, 그로부터 20년 가까이 지났는데도 역시 도로와 나의 인연은 멀기만 한 채 그대로이다.

장어도 무엇이 어떻게 맛있는지 느끼지 못해 줄곧 분함을 참고 있었지만, 이것은 광고회사에 다니던 30대 중반에 갑자기 하늘에서 계시를 준 것처럼 그 맛있음이 나의 혀에 내려앉았다. 맛있어, 하고 어느 날 나는 무심코 신음하고 말았다. 이렇게 맛있을 수가! 어떻게 이렇게 대단한 맛이 날 수 있지?

다음 날부터 나는 점심시간이 되면 회사에서 걸어서 3분 정도 걸리는 장어음식체인점으로 빠르게 발걸음을 옮겼다. 음식에 관해서는 이거 좋은데, 라고 한번 꽂히면 질릴 때까지 그것만 죽어라 먹는 게 나의 버릇이다. 이 끈기와 집착과 한결같음을 좀 더 다른 방향으로 썼더라면(예를 들면 연애 같은 것) 아마 내 인생은 크게 달라졌을 테지만, 공교롭게도 내가

그래, 모두 어른이 되었네

온 마음과 정성을 다해 좇는 것은 오직 음식뿐이다.

30대 중반이 되어서야 별안간 장어가 좋아졌다, 삼십 몇 년간이나 잘 먹지 못하던 그 맛에 결국 눈을 뜬 이 감동을 나는 직장 동료들에게 말하지 않을 수 없었다. 그에 대한 동년배 동료들의 반응은 "흐음, 그렇군" 정도의 어런무던한 대답이었지만, 20대 초반의 남녀 후배들은 마음들이 아직 순수한 만큼 내 감동의 잔열을 정면으로 뒤집어쓰고 눈을 빛내주었다.

"그렇게나 맛있었어요?"

"응, 여태껏 그 맛을 몰랐던 지금까지의 인생이 분해서 견딜 수 없을 정도야."

"장어가 맛있다고는 생각했지만, 그렇게까지 극찬할 만한가······"

"물론 개인차는 있겠지. 단지 지금의 나에게 있어서는 최고의 음식이라는 거야."

"그 가게가 특별히 맛있었는지도 모르겠네요."

"아, 그렇네. 하지만 그 가게는 모두가 잘 아는 K가게야. 근처 샐러리맨이나 여사무원들로 정말 붐비더라고. 가격도 합리적이고, 런치타임 서비스도 있으니까 인기가 많은가봐."

"내일도 점심때 가실 거예요?"

"응, 그러려고."

"언제까지요?"

"글쎄, 질릴 때까지 갈걸, 분명히. 내 성격이 그렇거든."

"내일 점심때 저도 같이 가도 돼요?"

"그러네, 이야기만 해서는 리얼리티가 없으니까. 아, 말할 필요도 없지만, 식사비 걱정은 하지 마."

내가 맛있다고 느낀 것은 주변 사람들에게도 맛보게 하고 싶다, 함께 '맛있네요'라는 이야기를 나누고 싶다, 는 생각은 30대 중반이었던 당시에도 확립되어 있었다. 지금 내가 맛있다고 생각하는 장어를 후배들에게도 먹게 하고 싶다, 그래서 "맛있네요" "정말 맛있어요" "진짜 맛있다!"라고 대합창으로 들뜨게 하고 싶다. 그것은 당시의 나에겐 가장 중요한 이벤트였다.

그 전에도 점심값은 전부 내가 낸다며 후배들을 불러 모아 회식을 한 적이 몇 번 있었다. 돌아갈 때 택시비까지 쥐여주곤 해서 정말이지 그때는 여자인 나의 '아저씨화'에 스스로도 깜짝 놀랐다. 너무 심했나? 하고 반성도 했다. 하지만 후배들은 벌써부터 내가 알지 못하는 곳에서 나의 아저씨화를 승인한 듯했다. 그래서 택시비까지 신경을 써주는 것에 기뻐하면서도 위화감은 전혀 느끼지 않았던 것 같다.

아무튼 그런 이벤트를 벌이는 것을 좋아하는 선배라고, 20대 초반의 몇몇은 완전히 정해놓았는지 다음 날 정오, 같이 장어를 먹으러 가자고 회사 엘리베이터 앞에 집합한 서너 명의 후배가 있었다. 며칠 뒤 정오, 그 수는 대여섯 명이 되어 있었다. "저기, K씨도 데려가도 될까요?"라고 사전에 물어보기까지 했다.

"그 녀석, 시골에서 올라와서 혼자 살고 있는데 돈이 없어서 변변한 음식도 잘 못 먹어서……"

"그래, K군도 데려와."

그리고 며칠 후, 정오에 모인 사람들은 열 명 가까이 되었다. 전부 20대 초반의 남녀로, 게다가 모두 싱글벙글 웃는 얼굴이다. 나를 한턱내는 사람으로 머릿속에 정해놓았기에 싱글벙글 웃고 있었음은 말할 필요도 없다. 순간 나는 그 숫자를 보고 표정이 굳고 말았지만, 곧 "뭐, 어때" 하고 마음을 고쳐먹었다.

20대 초반 직장 후배들을 데리고 회식을 한 것은 내 인생의 전략이었기 때문이다. 이것은 진담 반 농담 반으로 다른 사람들에게도 말한 적이 있기 때문에, 비밀도 뭣도 아니다.

광고회사의 크리에이티브 부서에 있던 나는, 그곳에서 일하며 일에서 중요한 것은 경험보다 오히려 번쩍이는 감성임을 통감했다. 그러니 나 같은 평범한 사람은 나이가 들면서 쓰임이 없어져버릴 게 불을 보듯 뻔한 일이라고 생각했다.

서른을 몇 해 지나 입사했던 나는, 이직 같은 건 상상한 적도 없고, 하고 싶지도 않았다. 정년인 65세까지 회사에 끈질

기게 눌러 붙어 있을 속셈이었다. 하지만 감성이 급속히 무뎌져 적응하지 못하는 나이의 제한을 잠정적으로 40세로 잡는다면, 정년까지 25년을 어떻게 참고 견뎌낼지가 입사와 동시에 과제이기도 했다. 누구에게 무슨 말을 들은 것도 아니다. 그저 나의 빈핍성과 위기의식이 그런 생각을 하게 만들었다. 사무직은 이제 늦었고, 차를 내오는 아줌마가 되는 것은 붙임성이 없어도 너무 없어서 무리다. 혼자 사는 중년 여성이 이 회사에서 괴롭힘당하지 않고 고요하고 아담하게 그 나름대로의 포지션을 구축해가는 것이 필요하다. 그러면 불가결한 것은 무엇인가. 엄호다. 주변으로부터 격려와 동정을 받고 불쌍히 여김을 받는 것. 격려받고, 동정받고, 감싸주는 것은 25년 뒤에는 중년이 되는, 즉 회사 간부가 되어 있을 후배들이다.

"뭐, 확실히 그녀는 이제 이 업계에서 무리지만, 그 나름대로 가만히 두어도 괜찮지 않을까? 일부러 몰아낼 필요는 없지. 금방 정년을 맞이하기도 하고, 게다가 옛날에 자주 밥을 얻어먹기도 했으니 말이야. 생각해봐, 그 장어라든가.”

일적으로 도움을 받았다든가 하는 거짓말을 지어내는 것은 아무리 생각해도 무리가 있고, 너무 뻔뻔한 일이다. 그런 작은 판별력은 나에게도 있다. 차라리 회식 노선으로 틀어 거부하기 힘든 은혜를 안겨준다, 그것밖에는 할 수 있는 게 없다, 라는 것이 입사 초기부터 세운 나의 인생 전략이었다. 그것을 위해 투자하는 것은 빠를수록 좋다. 은혜를 베푸는 상대가 젊으면 젊을수록, 자주 무언가를 사주었다는 감사의 기분이 그 말랑말랑한 마음에 새겨지기 때문이다. 나의 과거를 돌아봐도 증명할 수 있다. 나처럼 비뚤어진 성격에 시꺼먼 마음을 가진 사람이라도, 20세 전후에 친절히 대해준 사람들에 대한 추억은, 예순한 살이 된 지금도 생생하게 남아 있다.

점심시간에 장어가게에 자주 다닌 기간은 한 달 정도였을까. 일의 스케줄상 외근하는 곳에서 점심을 먹는 일도 있었기 때문에 매일이라고는 할 수 없었지만, 그래도 가지 못한 날은 기껏 2, 3일이었다. 동행하는 후배들의 얼굴은 내가 뭔가 말을 한 것도 아닌데 그때그때마다 미묘하게 멤버가 달라, 장어를 공짜로 먹는 은혜를 평등하게 나눠 가지자고 하는 젊은이들의, 동료들에 대한 배려나 따뜻함이 희미하게 느껴졌다. 깨닫지 못한 척하면서도 나는 나쁘지 않은 기분이었다. 타인을 생각하는 이 마음 씀씀이와 양보심, 배려심이 있기에 그 안에서 장래의 회사 간부가 태어날 것이 분명하다. 그리고 나의 장래도 평안하고 무사하다. 그것을 생각하면 장어값은 싼 것이 아닐까.

내가 주문한 것은 '우나쥬(찬합에 나오는 장어덮밥)'로 정해져 있었다. 심오한 이유가 있는 것은 아니고, 한 번 좋다고 생각하면 그것을 고집하고 한눈을 팔지 않는, 어떤 의미로는 편협한 성격이기 때문이다. 동행한 후배들도 모두 나를 따라 우나쥬를 주문했다. 좀 더 싼 가격의 런치세트를 시키는 사람은 한 사람도 없었다. 그렇게 한동안 장어가게를 다니면서 나는 새롭게 알게 된 메뉴 중 '중와리中割り'라고 하는 것에 눈이 머물렀다. 이것은 어떤 음식인지 물어보니 누군가

가 "밥 사이에 장어를 1단 끼워 넣고, 가장 위에도 장어를 올려놓은 것"이라고 설명해주었다. 나는 시험 삼아 먹어보기로 했다. 후배들도 시험해보고 싶다고 말해서, 주문한 그 음식이 테이블로 운반됐고, 먹기 시작한 순간 나는 할 말을 잃고 말았다.

"이거 대체 뭐야! 진짜 너무 맛있잖아!"

장어를 입속 가득히 채워 넣고 대답도 하지 못하는 후배들도 모두 만족한 웃음을 눈빛으로 돌려주었다. 다시 말할 필요도 없겠지만 '중와리'는 '우나쥬'보다 값도 비쌌다.

그러나 이 '중와리'가 나의 미친 장어 사랑, 후배들과 동행하며 실천한 바보 같은 낭비에 드디어 제동을 걸어주었다. 우나쥬에서 중와리로 주문을 변경하고, 중와리를 먹게 된 지 열흘 남짓 되었을까. 그 농후한 맛이 마침내 나에게, 이제 이것으로 충분하다, 충분히 만족했다는 마음을 갖게 해주었다. 드디어 이런 만족감을 얻고, 한숨 놓은 다른 한 명의 내

그래, 모두
어른이 되었네

가 있었다. 그대로 계속했더라면 장어값으로 파산에 이르렀을지도 모른다.

장래의 투자라고 칭하고 이런 식으로 타인에게도 나에게도 낭비를 했기 때문에, 6년 일했던 광고회사를 그만두었을 때 나의 저축액은 제로였다. 시대는 딱 경제 버블기로, 내 연수입은 결코 적은 액수가 아니었는데, 게다가 부모님 집에서 생활했기 때문에 달리 지출할 일도 많지 않았는데, 보기 좋게 아무것도 남아 있지 않았다. 명품에도 흥미가 없어서 값비싼 백, 구두, 옷 하나 없이 버블처럼 사라져버린 6년간의 내 월급.

회사를 그만둔 것과 '나오키상◆ 수상'이라는 알기 쉬운 형태의 소설가로의 이직에는 겨우 2주간의 시차가 있었다. 후배들이 해준 송별회에서 서른아홉 살의 나는 계속 울고 있었다.

◆ 아쿠타가와상과 함께 일본을 대표하는 문학상. 일본의 소설가 나오키 산쥬고(直木三十五, 1891-1943)의 이름을 기념하여 대중 문예의 신진 작가에게 1년에 두 차례 시상한다. 주로 대중 작가의 통속 소설에 수여된다.

그리고 그로부터 십수 년 후, 불황의 바람과 함께 광고회사도 도산했다. 도산했다고 들었을 때 나는 "돌아갈 곳이 없어졌다"고 말하며 맥이 탁 풀렸다. 마음 깊숙한 곳에서 나온 혼잣말이었다.

장어를 사준 후배들의 대다수도 지금은 이미 40대 중반이 되었다. 나는 예순하나인 내 나이도 한순간 잊어버리고 "벌써, 그런 나이가 되었나……"라고 무심코 중얼거렸다.

"그래, 모두 어른이 되었네."

겨우 6년간 광고회사에서 일했지만 그 경험과 추억은 시간이 지날수록 돈으로도 살 수 없는 것이 되었다. 나 개인의 일보다 직장 동료나 후배들과 일하며 팀워크를 가장 우선으로 여기고, 진심이 되어 일로써 싸우고, 언제나 어디서나 '사람들끼리' 뭉쳐 바둥바둥 지내며 보냈던 6년이라는 세월은, 내가 생각했던 것 이상으로 나를 성장시켜주었다. 이십 몇 년이 지난 현재에야 다시 돌이켜본다. 그토록 히키코모리에 가까운 생활을 하던 내가 순수하게 회사원 생활에 녹아들 수 있었던 것은, 반감과 오해와 초조함 같은 것들을 각오하고 부딪혀보니 소설을 쓰는 것보다 회사를 다니는 일이 훨씬 간단하고 즐거웠기 때문이었다. 덧붙여 지금이니 말해도 좋은 것이지만, 나오키상 수상작은 광고회사에 입사하기 전 서른 살 무렵에 써둔 것이었다.

━━━━━

DVD를 계속 보고 있노라면 까닭 없이 글자가 그리워져 시내에 있는 서점으로 향하게 된다. 최근 몇 년 동안 그런 행동 패턴이 자리 잡히긴 했지만 나의 손가락이 향하는 책이 점점 줄어들어 최근에는 기대를 버렸는데, 그래도 역시 서점으로 향하기는 한다. 정말 손가락이 향하는 책이 없다기보다, 그때그때의 몸 상태라든가 기분에 따른 것이라는, 오로지 내 쪽의 문제라는 생각이 들었기 때문이다.

아니나 다를까, 12월의 그날, 등에 메고 있던 가방은 열 권의 책으로 빵빵해졌다. 아무 생각 없이 여성학 코너 앞을 지나치던 순간 불현듯 호기심을 자극받아 다나카 미쓰, 우에노 지즈코, 오구라 지카코, 시노다 사요코의 책을 오랜만에 사들였다. 보통 생활 속에서는 말하는 것도 듣는 것도 거의 없는 문장이나 발상에 대한 재미가, 이런 책에는 가득 차 있다. 대인 관계에 묘하게 이상한 피곤함을 느끼거나 마음의 피로감이 느껴질 때, 이런 종류의 책을 읽으면 내 머릿속에 있던 흐리멍덩한 감정은 단번에 상쾌하게 정리되곤 한다.

시마무라 요코島村洋子의《하지 않고는 돌아갈 수 없는 리프라이즈-미필적 사랑せずには帰れないリプライズ ~未必の戀~》과 스기다 시게미치杉田成道의《바라건대 비둘기처럼願わくは、鳩のごとくに》도 함께 구입, 돌아와서 두 권을 단번에 읽고, 읽고 나서는 무심코 심호흡을 되풀이했다. 40대 소설가 시마무라 요코 씨가 새롭게 만나 사랑한, 꽤 연상에다 부자인 이혼 남성과의 복잡한 사정과《바라건대 비둘기처럼》에서 스기다 씨가 59세에 재혼한 30세 연하의 여성의 생활방식이 너무나도 대조적으로 그려져, 61세인 나로서는 눈앞이 아찔해져버렸다. 너무 아찔해서 부럽다고 생각하는 감정도 일지 않는다. 단지 30세나 연상인 남자와 결혼한 이상 남자를 목표로 하기보다는 스스로 평생 할 수 있는 일을 찾자고 생각해, 일단 사회로 나왔는데도 새로 의과대학에 입학해, 서둘러(?) 아이 셋의 엄마가 되었다는 스기다 씨 부인의 씩씩함에는 정말이지 감동했다. 스기다 씨는 국민적으로 사랑받은 드라마 〈북쪽 나라에서北の国から〉의 연출가로, 그의 문장력에 따른 부분이 많다 해도, 이 부인의 청결한 생명력에 나는 거의 감동해버렸다. 사실혼 관계로 있었던 남자를 몰아내고 '사랑하는 존재'로서 에로스에 충실한 삶을 선택한 시마무라 요코 씨에게도, 이쪽 나름대로 나는 경의를 표한다.

열 권의 책을 거의 다 읽은 12월 초순, NHK-BS의 연말 프로그램이 시작되었다. 지금까지 BS(위성방송)에서 방영한 평판이 좋은 다큐멘터리를 건축 편, 야생동물 편, 세계의 명산 편 등 장르별로 묶어 아침 7시부터 심야까지 계속해서 방영한다. 이것은 매년 연말 나의 즐거움 중 하나이지만, 올해는 그 시간과 양이 압권이다. 연간 구독하고 있는 NHK-

BS 프로그램 정보지 〈스텔라〉에서 사전에 체크해두고, 꼬박꼬박 보고 있다. 정말 대단하다. 최고다. 더욱이 그 다큐멘터리의 거의 대부분을 이미 내가 본 적이 있다는 것을 깨닫고, 더욱 놀랐다. 정말이지 나는 하루 중 몇 시간이나 텔레비전 앞에서 지냈던 건가.

최근 민영방송에는 비슷한 얼굴의 개그맨이나 예능인이 여기저기 나오기 때문에 질려버려서, 채널은 BS 1, 2, 3과 WOWOW에 거의 맞춰져 있다. 그래서 필연적으로 다큐멘터리를 모두 보고 말았던 것 같다. 대부분은 녹화해서 본다. 작년 가을에 그때까지 사용하던 DVD 레코더가 고장 나 새로운 것을 샀는데, 이것은 100시간 정도 녹화해둘 수 있고 두 채널을 동시에 녹화할 수 있어서 나의 녹화 라이프도 단번에 충실해졌다.

죽을 때는 모두 혼자

No.

하나를 데리고 산악용품전문점에 가보았다. 삿포로에 옛날부터 있던 가게로, 십 몇 년 전에 현재의 장소로 이전했다. 덕분에 내가 사는 곳과 훨씬 가까워지긴 했지만 등산이나 산 스키 등을 하지 않는, 할 수 없는 내가 그리 빈번히 이용하는 가게는 아니다. 마지막으로 무언가를 사러 한번 들르고는 벌써 4, 5년 정도 되었다.

이번에는 목적 없이 불쑥 간 것이 아니라 훌륭한 목적을 가지고 들렀다. 몇 주 전 신문의 생활란에 '노르딕 워킹Nordic Walking'이라는 것이 소개되었다. 산이나 들판을 '폴pole'이라고 불리는 봉을 양손에 들고 지팡이처럼 몸을 지탱하면서 걷는, 핀란드에서 시작된 운동이라고 한다. 사진까지 실려 소개된 그것을 본 순간 '이거다!' 하고 나는 마음속으로 외쳤다. 무엇이 '이거다!'인지는 제대로 설명할 수 없지만, 그 방식이랄까, 한겨울 산책의 위험이 현저히 줄어드는 것이랄까. 꽁꽁 언 도로나 눈 쌓인 길을 산책하는 건 위험하니까 하지 않는 편이 좋다는 기존의 생각이, 요즘은 크게 바뀌고 있다. 눈길에 신을 수 있는 튼튼한 미끄러짐 방지용 워킹슈즈에 폴을 조합해 안전성을 높이면, 눈길 워킹은 더욱 쉬워질 가능성이 있다.

이 가능성에 나는 대단히 감동해서, 혼자서 들떠 눈으로 직접 노르딕 워킹용 폴을 보고 싶어 견딜 수가 없어졌다. 분명히 스키용 스톡을 얼마쯤 개량한 모양일 것이라고 상상은 했지만, 확실하게 손에 넣고 확인해보고 싶었다.

가게에는 미리 전화를 해서 애견을 데리고 가도 되는지 물어보고 오케이라는 대답을 받아놓았기 때문에, 캥거루처럼 앞으로 캐리어백을 메고는 하나와 같이 갔다. 주머니 속에서 하나의 얼굴만 쏙 나와서, 사람에 따라서는 이런 식으로 개를 데리고 걷는 건 상상하지 못하는 사람도 있는 듯, 멀리서 보고는 분명히 인간의 아기일 것이라고 생각했는데 가까이 와서 스쳐 지나는 순간 "앗, 강아지였네" 하고 깜짝 놀라는 일도 많다. 깜짝 놀란 다음에는 대부분 킥킥 웃으며 스쳐 지난 나의 등을 배웅해준다.

이 웃음에는 두 가지 타입이 있다. 얼굴만 쑥 내민 하나의 그 모양이 무심코 웃음을 자아내게 만드는 것과, 강아지만 바라보는 주인의 바보 같은 사랑에 쓴웃음을 짓는 것이다. 그렇다고 해도 이 쓴웃음에는 비웃음이나 모멸의 뉘앙스는 없다. 스스로에게도 그런 구석이 있는 듯한 미묘함이 흔들거린다.

하나의 캐리어백은 캥거루 주머니 같은 이 가방을 포함해 다섯 개 있다. 여느 때처럼 '이것도 아니고, 저것도 아니야'라고 시행착오를 거친 끝에 다섯 개가 되었다.

죽은 리키는 강아지일 때부터 캐리어백에 넣어 이동해본 적이 없다. 리키는 언제나 캐리어백에 넣으면 죽을 만큼 몸

부림을 치며 빠져나오려 애썼다. 그럴 때마다 나는 곤란했다. 내가 안고 이동하면 괜찮지만, 가장 곤란한 것은 차로 이동할 때마다 꼭 내 무릎에 올라오려 해서 핸들 조작이 위험해지는 것이다. 결국 리키를 동반해서 나가야 할 때는 자동차 운전을 포기하고 택시를 타고 이동하곤 했다.

그 점에서도 하나는 손이 많이 가지 않는 아이다. 캐리어백을 전혀 무서워하지 않고 싫어하지도 않는다. 캐리어백을 거실 바닥에 놔두면 아무 말 안 해도 서둘러 자기가 먼저 들어가서는 '어, 하나, 어디 가는 거예요?' 한다. 모습이 안 보여서 당황해 찾고 있으면 캐리어백 속에서 가만히 웅크려 자고 있다. 강아지라도 타고난 성격은 모두 다 다르구나 하고, 정말이지 만사태평하게 자는 하나의 얼굴에 잠시 동안 감동해 가만히 바라보게 된다.

어떤 캐리어백에도 하나는 빠르게 적응했지만, 가장 마음에 드는 것은 캥거루처럼 앞으로 메는 주머니형으로, 나에게 안겨 있는 것과 별반 다르지 않은 자세라든지 얼굴을 내미는 상태가 좋은 것 같다. 사실은 다섯 개 있는 캐리어백

중에서 이것 하나만 리키의 것으로, 캐리어백을 죽을 만큼 싫어했던 리키도 이 캐리어백만큼은 싫어하지 않았다. 리키가 태어난 지 얼마 안 되었을 때 샀던 것이라서 벌써 이래저래 18년이나 쓴 것이다.

펫숍에 갈 때마다 이것과 같은 모양의 캐리어백이 없는지 둘러보지만, 없다. 수공예를 잘하는 사람이라면 분명히 재봉틀을 사용해 짠 하고 손쉽게 만들 수 있겠지만, 바느질에 재능이 없는 나로서는 시판되는 제품에 기댈 수밖에 없다. 십몇 년에 걸쳐서, 이 캥거루 주머니 모양의 캐리어백을 기회가 될 때마다 찾아다녔는데, 어느 가게에서도 발견할 수 없었다.

기능적으로는 정말 뛰어나다고 생각한다. 딱 몸의 중간에 개를 넣는 주머니가 있어서, 몸의 좌우 어느 쪽에도 부담을 주지 않고 밸런스가 잘 맞춰져 있다. 게다가 양손을 쓸 수 있다. 하지만 이 캐리어백의 가장 큰 문제이자 어느 가게를 가도 구할 수 없는 원인은, 보기에 별로 예쁘지 않다고 하는 딱 한 가지 이유다. 이 가방을 몸의 정면으로 떡하니 메고

개를 넣어버리면, 아무리 멋지게 차려입어도 보기 좋게 헛수고가 된다. 멋짐 제로가 되어버린다. 게다가 주머니에 들어가 있는 것이 인간의 아기라면 멋짐을 던져버리고 아기를 우선하는 아름다운 부모의 이야기가 될 테지만, 거기에 개가 들어가 있다고 하면 아름다운 이야기는커녕 바보 같은 부모의 시트콤으로 갑자기 변해버리는 것이다.

실제로 리키 때도, 지금의 하나 때도 이 캥거루 모양의 캐리어백을 메고 외출하면, 앞서 말했던 것처럼 스쳐 지나는 사람 둘 중 하나는 킥킥거리며 웃는다. 그중에는 진심으로 쓴소리를 뱉은 30년 전의 남자 친구들도 있다.

"저기, 네가 전부터 애교가 없는 여자라는 건 처음 전화했을 때 대담한 목소리를 듣고부터 잘 알고는 있지만, 부탁이니까, 좀 어떻게 안 될까? 조금만 더 여성스럽게, 붙임성을 가지면 안 돼? 그리고 그 가방, 정말 좀 그만둬. 여자다움도 뭣도 아니잖아. 개가 그렇게 좋아? 그러면 보통 사람들처럼 리드줄을 하고 데리고 다니면 되잖아. 개가 가엾은 거야?

아니, 언제까지 개를 그렇게 떠받들면서 살 거야?"

　이런 쓴소리를 들었을 때의 나는 아직 40대 중반이었다. 나 자신을 조금이라도 잘 보이고 싶은 속세의 명예나 이익에 집착하는 마음이 남아 있었기에 그래, 역시 그렇게 보이는구나, 하고 크게 반성했다. 이후로는 최대한 이 캥거루 모양의 캐리어백을 사용하지 않겠다고 다짐했다. 하지만 그러고 나니 불편해서 견딜 수가 없었다. 리키와 함께 외출할 때면 언제나 리키를 양팔에 안지 않으면 안 되는 큰일이 되어버렸다.

　자신을 조금이라도 좋게 보이고 싶은 허영심이 예순한 살인 지금도 조금은 남아 있지만, 그래도 40대 때에 비하면 놀랄 정도로 무게가 줄어들었다. 특히 하나의 입장에서 보면, 속세에 대한 나의 마음은 거의 사라졌다고 해도 거짓은 아닐 것이다. 리키가 죽기 전 몇 년간도 그랬지만, 어쨌든 개의 쾌적함이 우선되어 나 자신이 타인에게 어떻게 비춰질지는 전혀 신경 쓰지 않게 되어버린 것이다. 하나가 만족한다면 그걸로 됐다. 내 일은 생각하는 것만으로도 귀찮기 때문에, 계속 뒤로 미뤄도 상관없다.

자신의 일은 어쨌든 뒤로 미룬다, 라는 이 생활 태도는 마흔다섯 살 때부터 12년간, 반신불수로 있었던 어머니를 껴안고 살아가는 날들 속에서 자연히 몸에 배었다. 몸에 배지 않으면 해나갈 수 없었다. 간호와 집필과 집안일 전반, 이 몇 겹의 압박감에 둘러싸인 생활 속에서 조금이라도 호흡을 편히 하려면 주변 사람에게 지시하고 움직이게 하는 것보다는 그냥 나 자신이 무언가를 버리는 게 빠른 길이었다. 그래서 나는 자신의 일에는 신경 쓰지 않고 지냈다.

옛날부터 허약 체질로 태어났던 나는, 당시 식도암까지는 가지 않았지만 아토피에다 메니에르병(귀울림, 난청과 함께 갑자기 평형감각을 잃는 것)으로 인한 현기증, 자궁근종, 고관절 탈구라는 나쁜 상태가 지속되고 있었다. 그러나 병과 관계된 것에 하나하나 주의를 기울이고, 그 상태에 일희일비하고, 끙끙 앓으면 좌반신이 부자연스러운 어머니를 지탱하는 나날의 생활은 도저히 지속할 수 없었다.

자신의 일은 필요 이상으로 신경 쓰지 않는 생활방식은 아직도 계속되고 있다. 작년 10월에 식도암 수술을 한 지 딱 10년이 되었다. 이제는 재발할 것 같지 않다, 나의 악운도 이제 세력을 다했나보다, 하고 한숨 놓으면서도 실제로는 수술 후 1년간을 제외하면 그 후로는 전혀 암 검사를 하지 않았으니 그저 못 본 척한 게 아닐까 하는 생각도 든다. 검사를 할 때마다 여러 수치에 동요하거나 풀이 죽고, 그때마다 몸이 저릴 정도로 우울감에 빠지곤 했다. 그런 일을 몇 번 겪고는 검사를 하는 게 몸에 훨씬 타격을 준다고, 쉰두 살이었던 나는 그렇게 마음먹고 검사를 받지 않게 되었다.

암이 재발하면 그것은 나의 수명이라고 결심했다. 수명은 이 세상에 태어난 때부터 이미 정해진 것이라고. 암 관련 책을 닥치는 대로 읽은 다음에는 스스로의 사생관에 솔직하게 귀를 기울이는 날들이 한동안 이어졌고, 이윽고 결론에 다다랐다. 무슨 일이 있다 해도 이미 52년간 살아왔으니 괜찮지 않은가, 하고.

입원했던 병원은 소화기계통전문 암센터였다. 입원실에

있는 동안 얼굴을 익힌 환자가 점점 줄어들었다. 어제까지 건강했던 사람이 오늘 오후에 죽었다는 소식을 듣곤 했다. 특히 식도암은 사망률이 높았다. 나는 입원도 퇴원도, 병원 주차장에 세워놓은 내 차만을 의지해 모든 것을 혼자 해결했다. 곁에서 돌봐줄 사람도 없이, 퇴원할 수 있어서 다행이네라고 말해줄 사람도 없이, 철저히 혼자였다.

'고독사'라든가 '무연고사'라는 말이 최근 빈번히 들려오지만, 10년 전 식도암의 수술과 입퇴원을 혼자서 했던 날들을 떠올리면 이것도 저것도 대단한 일이 아니니까 그렇게 소동 떨지 말라고 혼자 중얼거리고 만다. 대단한 소동을 벌이는 것은 우리 같은 나이 든 세대보다 오히려 젊고 건강한 사람들 같다. 자신의 부모를 고독사하게 만들지 모른다는 불안과 공포와 죄책감, 하지만 현실적으로 부모를 데리고 같이 사는 일은 싫고, 여러 가지 사정이 있어 불가능한 상황도 있다. 그렇다고는 해도 보고도 못 본 척하는 것은 양심에 가책을 느껴 가만히 있을 수 없는 세대가, 책임을 사회에 돌리려고 기를 쓰는 것 같다고 나는 느끼고 있다. 나는 젊은 사람들이 그런 가해자 의식으로 두려워하지 않기를 바랄뿐더러 그럴 필요도, 책임도 없다고 생각한다.

고독사나 무연고사에 이르는 긴 여정의 시작에 대해, 나는 난폭한 방법으로 말할 수밖에 없다. 대가족제에서 벗어나 핵가족화를 바란 우리들 단카이 세대(제2차 세계대전 이후 1947년-1949년 사이에 태어난 일본의 베이비 붐 세대)의 부모 세대 때부터, 즉 전후 사회가 필연적으로 걸어올 수밖에 없었던 결과라고 말이다. 가족이라든가 체면치레라든가 고부간의 갈등이라는 것에 신경 쓰고 싶지 않았던 우리 부모 세대들은 핵가족화를 크게 환영했음이 틀림없다. 그런 부모의 모습을 보고 자란 우리 세대 또한 부부와 자식이라고 하는 몇 명의 가족을 극히 당연한 단위라고 생각해왔다. 고독사나 무연고사가 빈번히 들려오고, 그러나 동시에 그렇게 된 시대의 배경을 내 나름대로 멍하니 생각해보니, 적절하지는 않을지도 모르지만 '인생의 화복은 마치 꼬아놓은 새끼처럼 변전變轉한다'라는 말이 떠오르고 만다.

처음으로 고독사라는 말을 들었을 때, 내가 반사적으로

느낀 것은 위화감이었다.

"아니, 그럼, 죽을 때는 모두 혼자잖아. 고독한 게 당연하지. 누군가에게 대신 죽어달라고 할 수도 없는 거고, 태어날 때와 똑같이 혼자인 것을. 그런데 이렇게 난리를 치면 어쩌자는 거야? 아니면 어떻게 해도 안 될 것을 어렴풋이 알고 있기 때문에, 양심적으로는 보여야겠기에 일단 해보는 데까지 소란을 떠는 거야? 그저 그런 모습을 보여주고 싶은 거 아니야?"

리키는 고독사는 아니었다. 상태가 급변해서 숨을 거둘 때까지의 한나절 동안 내가 줄곧 안고 있었다. 나의 팔에 안긴 리키는 나를 올려다보며 "큥" 하고 짧게 울고는 호흡이 끊어진 뒤에도, 귀여운 동그란 눈동자를 뜬 채 울고 있는 내 모습을 비추고 있었다. 내게는 오장육부가 찢기는 듯 괴로운 한나절이었지만, 리키는 나에게 안겨 걱정 없이 세상을 떠났다. 그렇게 생각하고 싶다.

하나도 고독사시키고 싶지 않다. 죽은 리키처럼 마지막까지 내가 간호해주고 싶다. 그것이 달리 희망이나 바람이 없는 현재 내 유일한 바람이다. 하나를 무사히 간호한 후에 나 자신의 마무리를 짓는 것이 이상적이다. 그 장소가 병원이든 집이든, 아마도 그때 나의 죽음은 고독사에 가까울 것이다.

캥거루 앞주머니 모양의 캐리어백에 하나를 넣고, 밖은 추우니까 이번 겨울에 산 새먼핑크색 벨벳 코트를 입히고 코트에 달린 모자까지 씌워주니 두 귀가 숨겨져 다람쥐나 작은 여우 같은 모습이 되었다. 그 모습이 너무 귀여워 넋을 잃고 바라보는 중에 택시는 산악용품전문점에 도착했다.

내려서 보니 가게 주차공간이 차로 가득 차 있어서 놀랐다. 장롱면허인, 차에 대한 지식이 전혀 없는 내가 봐도, 모든 차들이 '타운파'(주로 시내에서 쇼핑과 식도락을 즐기는 사람들)는 아니었다. 말하자면 '아웃도어파'라고 할까, 도로가 아니라

산이나 평야, 사막을 질주할 듯이 튼튼하게 만들어진 차, 그런 차들로 가득했다.

이 가게의 주차장이 만차라는 건 아주 드물고 신기한 광경으로, 토요일이라서 그런가, 하고 한 발짝 가게 안으로 들어선 나는 다시 한 번 깜짝 놀라고 말았다. 가족 단위의 손님으로 가게 안이 대단히 혼잡했고, 아이들의 꺅꺅거리는 소리로 시끄러웠다. 음, 하고 무심코 그 자리에 멈춰 선 내 마음속에는 깊은 감개가 있었다. 4, 5년 전에는 언제 오더라도 텅 비어 있던 가게였다. 그것이 최근의 등산 붐으로 이렇게까지 활기 넘치는 가게가 되다니.

상품의 진열과 배치도 이전과는 완전히 달랐다. 마치 물건의 배치만으로도 '손님을 맞이하는 서비스에 마음을 쓰고 있습니다'를 보여주는 듯했다. 그 공간 사이사이에 가게 스태프로 접객을 담당하는 청년들이 서 있었다. 조금은 쑥스러운 듯 망설이며 서성거리는 것이 언뜻 보면 등산 가이드인지 산악인인지 아르바이트인지 구분이 안 되었다. 그 부끄러워하는 아마추어 같은, 그런데도 붙임성이 있는 표정을 보면 나는 참을 수 없이 좋아서 넋을 잃고 보게 된다. 이런 유의 남자들은 내겐 모두 에조 사슴 같아 보인다. 반짝반짝 하는 짧은 털로 늠름한 몸을 덮은, 멋진 뿔을 가진, 산속 깊은 곳 커다란 바위에 앞발을 딛고 푸른 하늘을 배경으로 우뚝 서 있는 모습. 동경이나 연애의 대상으로 보는 것은 아니다. 이런 말을 허락해준다면, 한 마리 정도 집에서 키우고 싶은 마음이 들게 하는 수컷들이다. 한 계절만이라도 근처에 두고 돌봐주면서 체력을 길러주고, 계절이 변하면 다시 산으로 돌려보내는 그런 방식으로.

가게를 방문한 목적이었던 노르딕 워킹 폴을 곧 발견했다. 신문 기사에 날 정도니 이미 마니아들은 모두 알고 있는 듯 초심자용 폴이라든가 폴의 특징 등을 써놓은 광고물이 선반에 가득 붙어 있었다. 나 같은 완전 초짜도 이해하기 쉽도록 친절하게 설명을 써놓은 것이 기쁘고 고마웠다.

폴을 직접 눈으로 보고, 손으로 만져보자 그것만으로도 이미 나는 만족해 실제로 구입하는 것은 잠시 보류하기로 했다. 그리고 나는 다시 가게 안을 둘러보았는데, 입술은 굳게 한일자로 닫고 무표정을 짓고 있었지만 속으로는 너무나 기뻐서 미칠 것 같았다. 바닥에서 천장까지 벽 한쪽 면에 매달아놓은 수십 개의 색색깔 배낭들, 작은 산악용품들, 산에 굳이 가지 않아도 집에서 사용하고 싶은 취사용품들, 기능성 옷들도 예전보다 훨씬 컬러풀하고 패셔너블해져서 이런 것들이야말로 하나와 산책을 나갈 때 정말 도움이 될 것 같았다.

10대 시절 나는 이런저런 지병이 있었다. 심장이 안 좋아서 체육 시간마다 견학만 했던 초등학생 시절부터 내겐 남들과 같은 체력이 없다는 콤플렉스가 있었다. 그때부터 스포츠라는 이름이 붙은 것에는 애써 가까이 가지 않으려 했다. 실제로는 진짜로 좋아한다. 하지만 주변의 부추김에 혹해서 '그럼 한번 시험 삼아 해볼까' 하고 시도하면 어김없이 컨디션이 안 좋아져서 '역시 안 한다고 할걸' 하고 후회했다. 젊을 때는 항상 그런 일을 반복했다.

　스포츠 중에서도 내가 가장 미스터리하게 여기는 것이 바로 등산이다. 등산이 주는 즐거움, 그 대단함을 나는 정말이지 이해하기 힘들다. 필사적으로 상상도 해봤지만 전혀 감이 오지 않는다. 아직도 등산은 나에게 거대한 수수께끼로 남아 있다.

　언뜻 주변을 둘러보니 바야흐로 등산 전성시대라 할 만하다. 젊은 여성부터 중년과 노년에 이르기까지 사람들이 완전히 등산에 빠져 있다. 게다가 옛날에는 등산을 일괄적으로 칭했지만 요즘은 트레킹, 클라임, 하이킹, 낮은 산 하이킹 등으로 세세하게 나누어 반드시 산 등정이나 높은 산 오르기를 목표로 하는 것은 아니다. 그런 방향성 역시 팬층을 두껍게 하는 듯하다. 본격적인 등산 같은 건 완전히 무리, 하지만 자연 속을 걷고 싶은 사람들에게 이 세분화는 격려와 자극이 된다. 나도 그중 하나다. 체력적인 레벨로 따지면 아마 하이킹을 겨우 할 만한 체력으로, 트레킹 같은 건 꿈 중의 꿈이다.

1년 전 어린 강아지 하나를 데려온 뒤, 개 주제에 걷지 않는 하나를 걷는 즐거움에 눈 뜨도록 하는 것이 나에겐 최우선 과제였다. 일단은 하나를 안고 빠르게 걷기 시작했는데, 그때 하나보다 내가 먼저 걷는 즐거움을 기억 저편에서 불러오고 말았다. 생각해보면 10대, 20대 때의 나는 정말 잘 걸어다녔다. 고민이 있을 때마다 걸었고, 그렇게 하면 고민이 어느새 옅어지곤 했다. 걷고 있는 중에 무언가가 번뜩 튀어나와 모든 고민거리가 사라져버리는 불가사의한 체험도 몇 번이나 했다.

노르딕 워킹 폴을 눈으로 직접 확인하고 싶어 산악용품 전문점에 들렀지만, 사실 이곳에 오고 싶은 마음은 작년 봄부터 조금씩 생겨나고 있었다. 내 관심은 폴에만 그치지 않고 걷는 것 전반에 걸쳐 있었던 것이다. 그러나 나이도 나이고 체력도 자신이 없었기 때문에 가능한 한 가까이 하지 않으려고 했다. 헌데 인내의 한계에 다다라서 폴을 확인하고 며칠 후, 나는 시내 서점으로 달려가 《왕초보의 산행 입문》 《등산 입문》 《등산 상식 바로잡기》 《안심! 등산 바이블》 등 등산 초심자를 타깃으로 한 책을 열 권 정도 사서 가방에 넣어 돌아왔다. 그리고 그 책들을 매일 밤, 반복해서 조금씩 읽으며 황홀해하고 있다.

현실에서 나는 분명히 산을 오르지는 않을 것이다. 아무리 생각해도 무리다. 힘껏 노력해서 삿포로와 근교의 큰 공원을 하나와 함께 돌아다니는 것이 최대치일 것이다.

다만 메고 다니는 가방 안을 등산의 전천후 대응 타입으로 충실하게 채워 넣는 것이 왠지 가슴 두근두근하고 즐겁다. 넣어둔 휴대용 음식의 유효 기간이 다 되면 하나와 나누어 먹고, 그 분량을 보충하거나 한다. 마치 아이들이 소풍 전날 밤 들떠서 가방을 채웠다가 풀었다가 하는 것처럼. 이런 일이 대단히 즐겁다. 하나도 즐거운 듯 가방 안에 머리를 디밀거나 그 안으로 쏙 들어가거나 하며 인간의 아이처럼 신이 나서 돌아다니곤 한다.

일단 열 권의 등산 입문서가 공통으로 칭찬하는 고어텍스

소재의 레인 수트를 사는 것이 첫 과제가 됐다. 진눈깨비가 내리는 계절까지는 조달할 예정이다. 색상은 새빨간 게 좋지 않을까. 눈에 띄니까 큰 공원 어딘가에서 걷다가 쓰러진다 해도 발견하기 쉬울 것이다. 하지만, 그럴 경우를 대비해 하나에게는 무얼 입히는 것이 좋을까나…….

눈이 녹는 계절이 되었다. 이 시기에는 서벗 상태가 된 노면을 걷는 것이 꽤 고생스럽다.

눈이 녹은 길을 걷는 데 가장 적합한 것은 고무장화로, 패션에 눈을 감기만 하면 이렇게 편리한 것도 없다. 옛날에는 고무장화가 정말 무거웠는데, 최근에는 가벼워지고 색깔이나 디자인도 예쁜 것이 많이 나와 신는 마음도 훨씬 기쁘다. 그래서 나도 3, 4년 전부터 눈이 녹기 시작하는 계절에는 고무장화를 애용한다. 비록 가까운 슈퍼마켓이나 잡화점을 갈 때뿐이긴 하지만.

그 이전에는 어떻게 했느냐고 묻는다면, 물에 강한 인조 가죽 부츠나 방수 스프레이를 공들여 뿌린 스포츠 슈즈를 신고 다녔다. 그때는 슈퍼에 대부분 차를 운전해 갔기 때문에 발밑에는 거의 신경을 쓰지 않아도 되었다. 즉, 눈이 녹은 질퍽질퍽한 길을 오랜 시간 걷지 않아도 되는 생활 패턴이었다.

운전면허는 마흔일곱 살 때, 필요에 의해 어렵게 땄다. 반신불수가 된 어머니를 병원에 데리고 가고 내가 병원과 집을 왕복하는 데 역시 자가용이 없으면 불편하다는 것을, 경험을 통해 통감하고 있었다. 게다가 집 근처 슈퍼마켓 두세 군데가 문을 닫아서 가장 가까운 슈퍼마켓에 가는데도 택시를 타야 했다. 걸어서 갈 수 있는 거리는 아니었다.

마흔일곱의 여름, 넌더리가 나는 기분을 달래며 자동차 학원을 다녔다. 비교적 쉽게 필기시험을 통과하고 연습 면허를 한 번에 딴 것은 분명 내가 스스로에게 기대하지 않고 머리를 텅 비운 상태였기 때문일 것이다. 운전은 아무래도 좋아지지 않았다. 핸들을 잡고 있으면 나의 내면에서 또 하나의 내가 나와서 '좀 더 스피드를 내!'라고 귓가에 속삭인다. 또는 '정면의 빌딩 벽에 힘껏 부딪히면 어떻게 될까? 한번 그렇게 해봐'라고 거의 악마의 소리라고밖에 할 수 없는 말을 해대며 또 다른 내가 핸들을 쥔 나를 지배하려고 한다. 운전을 할 때마다 그렇게 나와 또 다른 나의 공방전에 시달려 녹초가 되곤 했다. 도로 주행을 할 때면 신호가 노란색에서 빨간색으로 바뀌는 순간, '서둘러, 서둘러서 빨리 달려!'라고 소리치는 또 다른 나의 목소리가 들렸다.

필기시험을 위한 수업은 재미있었다. 이미 마흔일곱이라는 나이가 책상 앞에 앉아 누군가로부터 무언가를 배울 일이 거의 없는 나이이기 때문에, 배우는 일 그 자체가 정말로 즐거워서 견딜 수 없었다. 모의고사 결과 점수도 상당히 좋아서 선생님에게 칭찬을 받았지만, 그래도 역시 운전은 좋아지지 않았다.

차 그 자체에도 관심이 없어서, 팸플릿만 보고 인터넷 쇼핑을 하듯 새로운 차를 주문했다. 면허가 나오는 전날에 차가 집으로 배달되었다.

낡은 다운재킷을 버렸더니

3년에 한 번 차 검사를 받을 때마다 검사 대신 새로운 차로 바꾸고 차체의 색깔도 다크 그린, 레드, 실버로 바꿔봤지만 그래도 차를 좋아하게 되진 않았다. 차를 살 때 경자동차는 진동이 몸에 전달되어 불편하단 걸 지인의 차를 탔을 때 체험했기 때문에, 그것만은 피하자 싶었지만 내가 구입한 신차는 모두 경자동차와 비슷한 소형 자동차였다.

 어머니가 돌아가신 후 살고 있던 집을 처분하고, 맨션으로 이사했을 때만 해도 세 번째로 구입한 차를 소유하고 있었는데, 반년이 지나지 않은 가을에 운전에 손을 놓아버렸다. 맨션이 지하철역에 근접해 있어서 교통수단의 불편함이 단번에 해소되었기 때문이다. 처분하기까지 3개월간 한 번도 차를 타고 나간 적이 없었다.

 결국 자가용을 운전한 것은 10년간뿐이었다. 일단 운전면허증은 갱신 기간마다 신청을 해서 지금도 갖고 있지만, 언제까지 갖고 있으면 좋을까.

 죽은 리키는 차에 타는 것을 너무 싫어했지만 하나는 정말 좋아한다. 가끔은 하나를 위해 차를 다시 운전해서 둘이

서 멀리까지 나가는 것도 좋겠다, 하고 머릿속으로 생각하기도 하지만 새롭게 물건을 소유하는 것에 따르는 귀찮음이 더 먼저 떠오르고 만다. 특히 자가용 같은 부피가 큰 물건은 웬만하면 늘리고 싶지 않다.

━━━━

눈이 녹는 계절이 되자 하나는 또다시 산책을 싫어하는 개로 후퇴해버렸다. 서벗 상태의, 거의 물속을 걷는 것 같은 감각이 차갑고 불쾌해 받아들일 수 없었던 것 같다. 한겨울의 단단한 눈길 위를 한 시간도, 날에 따라서는 한 시간 반도 산책해주었던 것을 생각하니 나는 하나가 이렇게 집에만 틀어박혀 있는 것이 아쉬워서 견딜 수가 없었다. 한겨울 산책에 함께 나갈 때는 추위를 피하기 위해 옷을 한 벌, 두 벌, 세 벌로 늘려 입혀가면서, 결국엔 네 벌을 입혀 데리고 나가는 데 성공했다. 그 네 벌은 면으로 된 러닝셔츠, 네 다리를 완전히 감싸주는 보온 발열 소재의 빨간 레깅스, 터틀넥 스웨터, 그리고 안쪽에 기모를 댄 빨간색 다운점퍼였다.

  방한 대책은 일단 성과를 얻었지만 뭐랄까, 다음 한 발을 내디디는 동기가 부족해 보이는 듯한 하나의 눈매가 신경 쓰여 무의식중에 나는 말을 걸고 말았다. 한낮의 눈 덮인 도로에서, 하나의 눈높이에 맞추기 위해 몸을 구부리고, 거의 노면에 닿을 듯한 모습으로, 나는 하나에게 말했다.

  "봐봐, 이렇게 겹쳐 입으니까 하나도 안 춥지? 햇살도 반짝이고, 햇볕도 따뜻하고. 엄마는 하나 짱이랑 같이 산책하는 게 너무 좋아. 하나 짱이랑 같이 말이야. 다른 누구랑 산책을 하는 게 아니라 하나 짱이랑. 알겠어? 하나 짱이랑 산책하면, 엄마는 진짜 즐거워, 기뻐, 엄마는."

  나의 말을 가만히 듣고 있던 하나가 정면에서 나의 얼굴을 바라보았다. 몇 초 간 눈도 깜빡이지 않고 응시하더니, 그러고는 갑자기 발걸음도 가볍게 걷기 시작해서 나는 깜짝 놀랐다. 정말 자식 바보 같은 말이긴 하지만, 그때 하나는 내가 말하는 것을 거의 이해했을 거라고 생각한다. 눈빛에 그런 반짝임이 있었다.

"산책하러 나가자, 즐거운 산책."

이런 꼬드김을 줄곧 반복해왔고, 하나에겐 그리 신선한 말이 아니었을 테지만, "하나와 함께라면 엄마는 정말 즐겁고 기뻐"라고 내 '감정'을 전달한 건 그때가 처음이었다. 하나의 반응이 달라진 포인트가 바로 여기라는 생각이 들었다. 그렇다면 엄마를 기쁘게 해야지, 라는 배려심. 좀 더 엄격하게 해석하자면, '엄마에게 넘어가줘볼까. 저렇게 간절한 얼굴을 하고 있으니.'

누군가의 말에 따르면 개는 3, 4세까지 지능이 현저하게 발달한다고 한다. 하나도 강아지 때는 언제나 허공 어딘가를 올려다보며 강아지 특유의 바보 같은 표정을 지었지만 한 살 반 정도부터는 내 입에서 나오는 말을 이해하는 속도가 빨라졌다.

그중에서도 하나의 특기는 음식 분야로, '우유'는 한 번에 기억했다. 특별히 맛있었는지 처음 우유를 마신 다음 날, 우유라는 단어를 일부러 혼잣말처럼 하나의 옆에서 중얼거려 보니 뒷다리로 일어서서 앞발로 나의 팔을 세게 때렸다. 그러면서 온몸으로 기쁨을 표현하며 우유를 달라고 재촉했다. 밥, 간식, 고기, 먹는다, 수프, 빵, 치즈, 햄, 삶은 달걀이 특히 하나가 좋아하는 단어다. 어쨌든 먹는 것을 좋아해서, 내가 먹는 것은 자신도 먹을 권리가 있다고 당연히 생각하고 있다. 그것을 무시하고 나 혼자 무언가를 먹으면 분하다는 듯 가만히 나를 쳐다보고, 내가 먹기를 끝낼 때까지 그렇게 보고 있다.

나는 개들의 이런 눈에 약하다. 어디까지나 반사적인 것일 테지만, 죄책감의 응어리가 마음속에 생겨 사라지지 않는다. 그래서 하루 세 번의 식사는 하나와 같은 시간에 하려고 하고, 그 외의 간식 같은 것은 부엌에 선 채로, 혹은 부엌 옆문에서 베란다로 나가서 가능하면 빨리 먹으려고 노력한다. 그렇게 노력은 하고 있지만, 가끔은 왜 내가 이렇게까지 몰래 숨어서 먹어야 하나 싶어 화가 나는 것 또한 사실이다. 베란다에서 차가운 바람을 맞으면서 뭔가를 급히 먹을 때는 더욱 그런 생각이 든다.

아니, 걔들만이 아니었다. 다이어트 중이라는 여자 친구들에게도 자주 혼났다. 그녀들의 눈앞에서 내가 마구 먹어대면, 내가 마구 먹어대는 그 모습이 너무나도 맛있어 보이기 때문에 그녀들은 그만 충동적으로 다이어트를 일시 중단하고 식욕을 폭발시킨다. 그러고는 나에게 화를 낸다.

"네가 그렇게 맛있게 먹으니까 나도 참지 못했잖아. 너 때문이야. 네가 다이어트를 실패하게 했어."

10대 후반부터 왠지 줄곧, 이런 이해하지 못할 공격을 받았다. 나는 화를 내는 쪽의 이런 대사가 가정 폭력을 저지르는 남편이 자주 내뱉는 말과 아주 많이 닮아 있는 것을 최근 들어 깨달았다. '네가 나를 화나게 했으니까 손이 올라간 거야. 그러니까 네가 나쁜 거야.'

나는 지금까지 다이어트 같은 것은 거의 하지 않고 인생을 살아왔다. 다이어트를 할 필요가 없었다는 것이 아니다. 나는 과식을 하거나 조금이라도 살이 붙으면 느긋하게 다이어트를 하는 것이 아니라 단번에 거식증과 비슷한 절식 상태로 들어가기 때문이다.

먹는 것을 정말 좋아하는 하나는 요즘 배 주위가 둥글둥글하다. 이것이 나름대로 귀여워서 갓 쪄낸 둥근 떡 같은 배를 매일같이 문질러주는데, 이제는 슬슬 다이어트를 시작해야겠다는 생각이 든다. 하루 세 번 있는 식사를 한 번에 두 입씩 끈기 있게 줄여나가면 자연히 슬림해진다는 것을 경험으로 알고 있다. 안달하지 않고 끈기 있게 하는 것이 개를 다이어트 시킬 때의 요령으로, 그래도 입이 심심하다고 무언가를 달라고 조를 때는 저칼로리 개 껌 하나를 3분의 1이나 4분의 1로 잘라서 준다. 이렇게 하면 개들은 확실히 체중을 감량할 수 있다.

┌─┬─┬─┬─┐

눈이 녹는 계절이 이어졌다. 질퍽한 길을 걷게 하는 건 잔혹한 일이라고 나도 실감했기 때문에, 이 시기에 하나를 걷게 하는 건 포기했다. 펫숍에서 개 신발이라고 불리는 것을 팔고는 있지만, 그것을 신기면 개는 걷기는커녕 그 장소에서 한 발짝도 움직이려 하지 않는다. 이미 리키 때 증명되었다. 리키보다 지능도 뛰어나고, 성격적으로도 절대 굽히지 않는 하나의 경우는, 개 신발이라는 이상한 물건을 신기면 나에게 화를 내는 것도 모자라 분명히 나를 미워할 것 같은 느낌이 든다. 미워함이 지나쳐 내 옆에 가까이 오려 하지도 않을 것이다.

올 겨울, 하나가 산책을 나가준 덕분에 나의 겨울 방한복은 완전히 변했다. 그때까지는 거의 길이가 긴 다운코트를 입었고, 거기에 털모자나 캐시미어 머플러, 울 조끼 등을 더

했다. 아랫도리는 유니클로의 히트텍이 대히트한 몇 년 전부터 우수한 보온용 제품을 애용해왔다. 레깅스부터 고시마키(일본식 속치마)까지, 새로 나오는 거의 모든 것을 사서 사용했다. 한겨울에도 산책을 나가는 주제에, 나는 추위를 잘 타는 체질이다.

하지만 지금 와서 깨달은 건 방한복은 스포츠숍에서 사는 편이 훨씬 뛰어난 소재를 만날 기회가 많다는 것이다. 스포츠 메이커 M사의 다운재킷을 시험 삼아 한 벌 사보았다. 터무니없이 가벼운 착용감인데 정말이지 따뜻하다. 재킷의 속은 오리털과 새털, 그리고 M사가 개발한 특수 섬유로 이루어져 있어 흡습, 발열, 속건이라고 주장하는 문구가 확실히 진짜였다. 지금까지 입었던 다운재킷의 서너 배는 따뜻하다. 그동안은 난방이 되는 실내에서도 다운재킷 안에 가벼운 옷을 껴입었는데, 그런 내가 겨울에 바깥에서 추위를 느끼지 않고 걱정 없이 걸을 수 있다는 것은 획기적인 발견이었다. 너무나 뛰어난 보온성과 착용감에 나는 다음 날 다시 스포츠숍을 방문해 장갑, 모자, 양말, 타이즈, 하의 등 겨울 산책에 빠질 수 없는 모든 아이템을 한 번에 갖추었다. 그리고 지금까지 애용해오던, 하지만 십수 년이나 혹사시켜온 방한복 여러 개를 마음먹고 처분했다. 쓰레기 수거일에 전부 내놓았다.

스포츠웨어가 일상복으로서도 아주 효과가 좋다는 것을 전부터 알고는 있었다. 어쩌다가 스포츠숍에서 구입한 등산용 티셔츠 두 벌이 깜짝 놀랄 정도로 흡습성과 건조성이 뛰어났고 착용감도 좋아서, 역시 스포츠웨어는 이렇게나 신경써서 만드는구나, 하고 감동하면서 입었다. 하지만 당시에는 등산을 즐기는 젊은 여성들도 없었고, 등산용 옷이라는 이미지가 강해서, 묘한 부분에 까다로움을 주장하는 나로서는 그 선을 넘지 못했다.

우연히 샀던 두 벌의 셔츠도 모두 가슴에 촌스러운 프린트 무늬가 있고, 게다가 색깔은 눈에 너무 잘 띄는 선명한 핑크와 블루. 물론 핑크와 블루에도 멋진 색조의 핑크와 블루가 있지만 내 셔츠의 색은 멋지지 않은 핑크와 블루였다. 적어도 나에겐 사람들 앞에 입고 나가고 싶지는 않은 핑크

251

낡은 다운재킷을
버렸더니

와 블루.

그럼 왜 샀냐고 묻는다면, 그때 나를 맞아주었던 숍의 젊은 여성 스태프가 너무나도 열심이어서 아무것도 사지 않고 그 가게를 나오는 건 미안했기 때문이다. 어쩔 수 없이 자포자기가 되어 움켜쥔 것이 그 두 벌이었다. 한 벌에 만 엔이 넘는, 당시로서도 싸다고는 할 수 없는 옷이었지만, 한번 입어보니 착용감이 너무 좋아 '한 벌에 만 엔이 넘는 비싼 셔츠'라고 말하는 건 그 셔츠에 대한 실례라는 생각이 들었다. 그렇다고는 해도 그 촌스러운 색깔과 디자인은 너무 심하다, 라는 지적은 철회하고 싶지 않다. 그래서 항상 복잡하게 얽힌 감정을 가지고 입고 있던 셔츠였다.

그렇다면 안 입으면 되지 않느냐고 할 테지만, 한 벌에 만 엔이 넘는 가격이다. 입지 않으면 나만 손해다. 결국 두 벌의 티셔츠는 그 후 몇 년 동안 집에서 잠옷으로 중요한 역할을 했다.

십수 년에 걸쳐 애용한, 길이가 긴 다운코트는 리키의 추억과도 밀접하게 얽혀 있어 좀처럼 처분하지 못했다. 그러나 최근에 스포츠 메이커 M사의 더할 나위 없이 만족스러운 다운재킷을 만나, 나는 겨우 낡은 다운코트가 불필요해졌음을 납득할 수 있었다. 그래도 한동안은 행동으로 옮길 수 없었지만, 어느 날 밤, 상온에 둔 맥주 캔을 홀짝거리다 갑자기 생각이 났다. 쓰레기봉투에 낡은 다운코트 네 벌을 구겨 넣고, 그대로 쓰레기 버리는 곳에 가져다두었다. 다음 날이 쓰레기를 수거해가는 날이었다.

그로부터 몇 주가 지났다. M사의 다운재킷과 함께 구입했던 다운조끼 등은 기대한 대로 나무랄 데 없이 대활약을 해주었지만, 나는 왠지 텅 빈 느낌이었다. 쓸쓸했는지도 모른다. 죽은 리키의 추억과 함께했던 다운코트를 잃어버린 것에 대한 쓸쓸함이다. 어차피 남겨뒀어도 입지 않았잖아, 머지않아 버릴 거였잖아, 이미 쓰레기나 마찬가지였잖아, 라고 몇 번이나 스스로에게 말을 했지만, 텅 빈 쓸쓸함은 메워지지가 않았다. 전부 알고 있다. 이것도 저것도 머리로는 이해해도 마음으로는 아직 붙잡고 놓을 수가 없다. 그날 밤 맥주 몇 캔을 마시고 그 기세로 저질러버린 일을 나는 후회하고 있다.

괴로움을 동반한 일일수록 그때의 분위기라든가, 그때의 기분, 알코올의 힘을 빌려서는 안 된다. 왜냐하면 내 경우는 후회가 두 배, 세 배가 되어 되돌아오기 때문이다. 알고 있기에 언제나 스스로를 경계하며 조심하고 있었는데, 그것을 저버렸다는 쓴 뒷맛도 있었던 것이다.

다운코트 때문에 침울해진 기분을 떨쳐버리지 않으면 안 되겠다는 생각으로, 가까운 꽃집에 가서 꽃다발을 사왔다. 다운코트의 일은 사실 핑계에 지나지 않는다. 요 두세 달 동안 갑자기 꽃에 사로잡혀 계속 사오는 바람에 집에 꽃이 끊어지질 않는다. 하지만 꽃 이름은 전혀 모르고, 알려고도 하지 않는다. 장미, 국화, 안개꽃, 코스모스, 백합, 팬지, 제비꽃 정도밖에 구별하지 못한다. 하지만 예쁘다. 예쁘기만 하면 그걸로 충분하다.

옛날부터 꽃 화분이나 관엽 식물을 키우는 것에 서툴러서 실패한 횟수가 셀 수 없을 정도다. 아주 돌보지 않는 것도 아니고, 너무 돌보는 것도 아니고, 전문가의 지시대로 물을 주는데도 항상 말라간다. 선인장은 별로 손이 가지 않으니 괜찮다, 라고 선물 받은 선인장조차 반쯤 죽어버리자 나는 그것을 계기로 다시는 화초를 키우지 않겠다고 단념했다.

반쯤 죽은 상태의 선인장을 다시 보기 좋게 살려놓은 것은, 지금은 돌아가신 아버지였다. 아버지는 꽃을 키우는 것을 너무 좋아해서 결국은 작은 온실까지 만들어 30개 가까운 난을 피우고 즐거워했다. 다시 살아난 선인장에 놀라서 나는 아버지에게 그 비결을 물었지만 아버지는 거의 아무 생각 없이 그냥 돌본 것 같았다. 명확하게 언어화되지 않는 것이 나에게는 불가사의하게 여겨지고, 답답하기도 했다. 하지만 지금 와서 생각하면, 꽃이나 나무나 풀 따위를 포함해 살아 있는 것을 잘 키우거나 잘 소생시키는 사람들에게 그 포인트나 비결을 묻는데도 많은 사람들은 잘 설명하지 못할 것이다. 설명은 하지 못하지만 확실히 잘 살려낸다. 애정과는 뭔가 다른 화초들과의 커뮤니케이션 능력을, 태어나면서부터 가지고 있는 사람들이 아닐까. 나는 의심하고 있다.

3개월 전에 맨션 가까이에 있는 꽃집을 알게 되었다(이사

한 지 5년이나 되었는데). 불쑥 가게 안을 들여다보고, 불쑥 꽃다발을 사 들고 돌아왔다. 하얀 백합 같은 커다란 꽃이 한 송이 피어 있고 봉오리가 다섯 개 있었다. 조금 작은 노란색 장미 몇 송이와 세트로 꽃다발을 만들었다. 아무 손질도 하지 않은 채 거실의 투명한 유리 꽃병에 꽃다발을 꽂고, 분명히 3일도 안 가겠지, 불쌍하네, 우리 집에 온 꽃들은 모두 단명하니까, 라고 생각하며 전혀 기대를 품지 않았다. 그래도 꽃병의 물은 아침저녁으로 하루에 두 번 갈아주었다.

석 대 있는 가습기를 모두 틀어놓은 탓에 실내 공기가 탁한지, 원래부터 잡균이 많은 환경인지 한나절이 지나자 꽃병의 물이 살짝 흐려진 듯했다. 꽃의 작황이 좋았는지 장미꽃은 열흘이나 갔다. 이 일만으로도 나에게는 신선한 감동인데, 하얀 백합으로 보이는 꽃봉오리 다섯 개가 날을 두고 순서대로 모두 핀 것은, 나에게는 기적이라고 말할 수밖에 없었다. 강하고 진한 꽃향기를 발산하며 핀 하얀 꽃의 당찬 생명력은 나에게 온 꽃은 모두 단명한다는, 여태까지 나에게 달라붙어 있던 징크스를 깨부숴주었다는 점에서도 정말 기쁜 일이었다. 이런 일은 생전 처음이었다.

내 옆에서 꽃이나 풀이 자랄 수 없는 것은 나 자신이 그것들을 말살하는, 눈에 보이지 않는 독소를 뿜어내기 때문이 아닌가, 하고 진심으로 줄곧 그렇게 생각하고 있었다. 하지만 이것으로 보아 그렇지 않은 듯하다고 부정할 수 있게 된 것이다. 이런 아주 작은 일에 이렇게 감동하고 있는 나 자신이 이상했는데, 참 신기하다고 생각한 순간에는 나는 이미 꽃에 완전히 빠져 있었다. 그리고 그 후로 집에 꽃이 끊이지 않게 계속 사오고 있다.

하나도 꽃을 아주 좋아해서 언제나 꽃다발 속에 머리를 들이민다. 들이미는 것은 좋지만 그러면서 항상 작은 꽃을 하나둘씩 물고 잡아당기기 때문에 "그러면 안 돼. 안 돼" 하고 하나에게 말하면, 작은 꽃을 입 속에 넣은 채 그대로 있는다. 잠시 후에 '왕' 하고 입을 벌리면 작은 꽃은 그대로라고 해도 좋을 정도라서 안도하지만, 그래도 마치 위험한 곡예를 보는 기분이다.

아라시야마 고자부로嵐山光三郎◆의《문인악식文人悪食》,《추도의 달인追悼の達人》《문인폭식文人暴食》은 정말 좋아하는 책이라 매년 한 번씩은 다시 읽는다. 노작, 역작, 3부작이라고 몰래 이름을 붙이기도 했다. 초판본이 나온 십수 년 전에는 감동과 존경이 넘쳐, 나도 언젠가 이런 일에 온 힘을 다한다면, 하고 분수를 모르고 꿈을 꾸기도 했다. 하지만 예상한 대로 지금은 그런 높고 이상적인 꿈은 완전히 버렸다.《추도의 달인》은 S문고로 나온 뒤 절판이 되었지만 최근 중공문고로 재간되었음을 작가가 연재하는 주간지의 에세이를 통해 알게 되었다. 애독자인 한 사람으로서 이렇게 기쁠 수가 없다.

1983년 내가 아직 광고회사에 입사하기 전, 방황하던 프리터였을 때 단편집《사생활私生活》로 나오키상을 수상한 고

◆　일본의 작가. 1988년《아마추어의 요리》로 고단샤 에세이상을 수상했고 산문, 평론집, 대담집 등 다수의 글을 썼다. '불량 중년'을 제창하며 4, 50대 베이비부머 세대에게 불안한 '모범사원' 대신 '놀이' '창의력' '기획력'을 키워나가라고 주문했다.

간키 다쿠로^{神吉拓郎} 씨의 소설집은, 지금은 어느 출판사의 문고 코너에 가면 손에 넣을 수 있을까? 여전히 절판된 채일까? 30대 초반에 읽었던 그의 소설이 내 취향에 맞아 마음에 깊이 스며들어 안타까웠던 추억이 있다.

낡은 다운재킷을 버렸더니

예순두 살이 되었다.

물론, 기쁘지도 슬프지도 않다.

할머니 지수가 이 1년 간 더욱 심화되었네, 하는 느낌은
있다.

개인차는 당연히 있겠지만, 나는 예순 살이 되었을 때 확
늙은 느낌이었다. 기분적인 것이 아니라, 체력적으로 노화를
확실히 자각했다. 예순한 살이 되자 노화는 한 단계 더 진행
되었다. 원래부터 체력이 좋은 편은 아니었기 때문에, 더욱
노화가 빨랐을 것이다.

2, 30대는 상상도 하지 않았던 일이 60대를 넘어서자 점점 일어나고 있다. 나 자신이 가장 놀란 것은 '졸음'이다. 아주 젊은 시절부터 불면증 기미가 있어 자는 것에는 강박관념이 있었지만, 요즘 들어서 그 강박이 풀리고 있다. 자지 않으면 안 된다, 자지 않으면 내일이 힘들다, 일에 지장이 있다 등의 염려가 사라졌다. 뭐 그렇게 신경 쓸 만큼 중요한 일이 없어지기도 했지만.

졸음은 몸의 상태와 관련되어 있고, 그 몸의 상태는 나의 경우 날에 따라 어지러울 정도로 변하기 때문에, 깜빡 졸게 되는 것이 하루 중 어느 시간대라고 딱 잘라 말할 수는 없다. 오전일 때도 있고, 오후일 때도 있으며 저녁 혹은 밤일 때도 있다.

멍하니 드러누워서 텔레비전을 보고 있을 때 '아아, 왠지 졸리네' 하고 무거워진 눈꺼풀을 한순간 감으면, 내 느낌으로는 천천히 눈을 깜빡한 것 같은데, 퍼뜩 제정신이 들면 졸았다는 것을 깨닫는다. 시곗바늘이 아까 흘긋 보았을 때보다 15분이나 지나 있다든가 30분이나 흘러 있다.

거의 의식을 잃은 상태에 가까운 수면이다. 이 감각이 무언가와 닮아 있는데, 하고 생각해보니 수술 전 마취를 했을 때 대단히 빠르게 의식을 잃어버리는 순간과 꼭 닮아 있었다. 나에게 있어서는 나쁘지 않은 감각이라고 할까. 솔직히 말하자면 중독이 될 만큼 좋아하는 감각으로, 그렇기 때문에 졸음에 빠져버리는 60대의 내가 마음에 든다.

젊었을 때는 졸음이란 것이 어떤 것인지 전혀 알지 못했다. 절대로 졸지 않는, 졸지 못하는 성격이었다. 팽팽하게 신경을 긴장시키고, 두 눈을 확실히 뜬 채 언제나 다른 사람으로부터의 공격에 대비하고, 몸을 정비하고 살았던 10대부터 50대였다. 그런 자신이 좋았던 것은 아니지만, 어린 시절부터 몸에 밴 것이라 긴장하지 않고 있는 것은 혼자 있을 때, 혹은 개와 둘이 있을 때로 한정되어 있었다.

가족 중 누군가가 옆에 있는 것만으로도 벌써 편안함이 사라졌다. 가족을 대할 때도 그러니 타인을 대할 때면 나는 언제나 긴장한 채로 있어 녹초가 되고 말았다.

그런 곤란한 성격도 나이가 들면서 함께 온화해져서 좋았다, 라고 생각하면서도, 갑자기 졸음이 잘 오는 체질로 변화한 것은 어떻게 이렇게 극단에서 극단으로 달리는지 놀랍기만 하다. 스스로도 스스로를 어떻게 할 수가 없다. 어찌할 도리가 없다. 감당할 수가 없다.

졸음이 뇌의 노화와 관계가 있는지 없는지는 모르지만, 그것 때문에 졸음이 가능한 것이라면 노화도 그렇게 나쁘지는 않네, 라는 것이 나의 솔직한 기분이다.

잠깐씩 졸면 그때까지의 피로가 단번에 풀려 몸이 편해지고 머리도 깨끗하게 정리된다. 졸음은 대체로 단시간이기 때문에 밤의 본격적인 수면에도 별로 지장을 주지 않는다.

내가 졸음에 익숙해지자 갑자기 세상의 다른 사람들은 어떠한지 졸음의 동향이 신경 쓰여서 슬며시 물어보았다. 물론 나처럼 졸 수 있게 되었다면서 즐거워 떠들어대는 바보는 없었다. 나이의 많고 적음과는 관계없이 모두 이미 아무렇지도 않게 매일의 생활 속에서 낮잠을 즐기거나 활용하고 있었던 것이다. 일일이 입 밖으로 꺼내서 말할 정도의 일도 아니다. 하물며 그것이 즐겁다며 떠들어대다니, 고작 낮잠

정도의 일로, 라고 한심하게 나를 보는 눈이 그렇게 말하고 있다.

졸음뿐만이 아니라, 나 자신이 60대가 되어보니 세상에 얼마나 많은 사람들이 자신의 노화에 대해 말하는 것을 피하려고 하는지 현실을 점차 깨닫게 되었다.

반질반질한 밤색 머리카락이 머리에 딱 붙은 채 태어났을 리도 없고, 염색한 게 확실한데도, 결코 그것을 인정하려고 하지 않는다. 동시에 확실히 가발인 것을 알겠는데(싼 가발일수록 보자마자 가발이라는 것을 알 수 있다), 게다가 밝히기 쉽게 주변의 누군가가 "머리숱이 많아 부럽네요"라고 일부러 이야기를 꺼내는데도, 그 알랑거리는 말을 기쁘게 받아들이며 절대로 가발이라고는 인정하지 않고 시치미를 뗀다.

또한 나이가 들면서 몸의 상태가 나빠지거나 새로 생긴 병에 대해 말하며 떠들썩한 자리인데도, '모두에게는 미안하지만 나는 아무 데도 아픈 곳이 없네요'라는 표정으로, 깔보는 듯한 웃음만 띤 채 작은 우월감에 빠져 있는 사람도 있다. 이런 사람들은 암 같은 것에 걸리면 "왜 하필 내가 암에

걸린 거야, 왜 하필 내가"라고 선민의식을 그대로 드러내며
함부로 떠들어대곤 한다.

돋보기를 쓰는 것에 커다란 저항감을 가진 사람도 남녀
를 불문하고 많다. 여태껏 계속 눈이 좋아서 안경을 쓸 필요
가 없었던 사람일수록 안경을 쓰고 싶어 하지 않는다. 절대
로 사람들 앞에서는 돋보기를 쓰지 않겠다, 라고 호언하던
60대 남성도 있었다. 그는 경비원이니까 그것이 가능하지만
대부분의 일을 책상 앞에 앉아서 해야 하는 직종의 경우는,
노안을 감추려고 해도 감출 수가 없다. 나 같은 사람은 어렸
을 때부터 근시에 난시가 있었고, 40세가 됨과 동시에 노안
도 왔다. 활자를 취급하는 소설가니까 노안 따위는 싫다고
점잔을 뺄 여유도 없이 즉각 안경을 주문했다. 또한 그런 일
을 감출 여유도 없었기 때문에 평소대로 "이거 말이야, 돋보
기안경이야. 후후후" 하고 듣기에 따라서는 자랑이라고 의
심할 법한 커다란 목소리로 떠들어댔던 40대 중반이었다.
주위 동년배 친구들도 점점 돋보기안경을 맞추러 달려가야
할 때였다. 내가 너무나도 아무렇지 않게, 때로는 당당하게

돋보기안경을 자랑스럽게 보여주었기 때문에, 주변 사람들도 노안을 자각하는 한편, 머뭇머뭇 행동에 옮기지 못했던 컴플렉스를 한 번에 풀어내는 데 도움을 준 것도 같다.

남자(여자)일수록 돋보기안경을 쓰고 싶어 하지 않는다는 것을 깨달았다. 남편(부인)이 아니다. 남자(여자)다. 내가 아는 여성 중 한 명은 10년이나 돋보기안경을 쓰지 않고 있다. 돋보기안경을 쓰지 않는다고 해서 글자가 안 보일 정도는 아니다, 라는 논리지만, 정직하게 말하면 옆에서 보기가 참 흉했다. 노안, 즉, 젊지 않다고 생각되는 것이 싫어서 견딜 수 없는 듯했는데, 그녀는 활자를 취급하는 직업에 종사하기 때문에 그 흉함은 거의 어리석음으로 보이기도 했다. 사귀고 있는 남자가 빈번히 젊은 여자와 바람을 피우기 때문에 그녀 자신도 어떻게든 젊음을 보존하고 싶다는 사정은 이해하지만, 역시 보기 흉한 광경이었다.

그러고 보면 나의 엄마 세대 여자들이 나이를 감추고 싶어 여성끼리라도 나이를 물었을 때 대답하지 않고 웃으면서 넘겨버리는 광경을, 어린 마음에도 나는 기묘하다고 생각했었다. 어린이의 눈으로 보면 멋진 할머니로 보이는 여성이라도 나이를 감추었던 것이다.

그런 경향은 최근 줄어든 듯하지만, 내 주변만 그럴지도 모른다. "몇 살이에요?"라고 물었을 때 즉시 대답하지 않는 여자와는 사귀지 않는 게 내 성격이라서, 그런 유의 여자들이 나를 멀리하고 있는 것뿐일지도 모른다. "몇 살이에요?"라고 묻는 순간 "저 몇 살로 보여요?"라고 다시 묻는 여자도, 나는 상대하는 것이 힘들다. "아니, 그러니까 나이가 있어 보이긴 하는데, 실제로는 젊지요? 60세는 안 넘었지요?"라고 짓궂게 되받아칠 수 있으면 나도 훌륭하게 성장했다고 스스로를 칭찬해주고 싶겠지만, 실제로는 그렇게 할 수 있을 리 없다. 아직 한 번도 실행에 옮긴 적이 없다.

노안뿐 아니라 흰머리도 40세가 되었을 때 확 늘었다. 원인은 확실하다. 그 나이 때 소설가라는 간판을 걸고, 문자 그대로 여자의 팔 하나로 먹고살지 않으면 안 되는 압박과 스트레스를 받았기 때문이다. 몇 년간 잠잠했던 아토피성 피부염이 다시 돌아온 것도 같은 시기였다.

아직 그다지 주름이 없는 40세의 얼굴에, 머리카락은 반 정도가 완전히 세어버린 것은 조금 이상해 보였다. 록 뮤지션이라면 "펑크스타일이니까 좋잖아"라고 그냥 둘 수도 있었겠지만, 나는 그렇게까지 단번에 마음을 정리할 수 없어서 부지런히 헤어매니큐어의 도움을 받았다. 아토피인 나의 피부에 염색은 부담이 너무 컸기에, 부담이 덜하지만 오래가지는 않는 헤어매니큐어로 했다. 처음에는 헤어살롱에서 했지만, 헤어살롱에서 주간지를 뒤적이면서 의자에 앉아 있는 시간이 너무나 고통스러워서, 나중에는 미용사가 하는 것을 보고 그대로 흉내 내어 스스로 해보니 그렇게 어렵지는 않았다. 그 뒤로는 줄곧 집에서 헤어매니큐어를 했다.

하지만 쉰일곱 살이 된 1월에 어머니가 돌아가신 후, 나 나름대로 상복에 맞출 생각으로 헤어매니큐어를 그만두고, 거의 삭발에 가까운 쇼트커트를 했다. 어쩌면 어머니의 죽음과 함께 나의 내면에서부터 뭔가가 사라진 것일지도 모르겠다. 달과 날이 지나면서 머리카락은 점점 자라서 지금의 단발 머리로 되돌아왔지만, 나는 흰머리를 염색할 기력도 완전히 없어져버렸다. 사람에게 잘 보이고 싶다, 좋아 보이고 싶다, 는 마음이나 잘난 척하는 마음, 매력적으로 보이고 싶은 마음은, 몇 살이 되어도 조금은 남아 있다. 있기는 하지만, 다른 한편으로는 사람에게 어떻게 보여도 이제 상관없다, 라고 하는 기분도 있어서, 아무래도 나이가 들면서 후자 쪽이 점점 더 커지는 듯하다. 거기다 50대 중반의 얼굴에 흰머리는, 40대였을 때와는 다르게, 그리 이상하게 보이지 않는다는 판단도 있었다.

이후로 머리카락의 반이 흰머리인 상태다. 흰머리는 줄었다가 늘었다가 하지만, 이상적으로 전체 머리카락이 은발이 될 기미는 좀처럼 보이지 않는다. 언제나 이도저도 아닌 상태의 색깔 조합으로, 흰머리 이외의 머리카락도 찻색 계통이라고 말할 수밖에 없는 기묘한 그라데이션을 이룬다. 때때로 젊은 사람들에게 "그 머리, 어떻게 그렇게 가닥가닥 염색했어요?"라고, 무심코 웃어버리게 되는 질문을 받기도 한다. 아빠도 엄마도 어중간하게 반 정도만 흰 머리인 상태로 80년 가까운 인생을 마쳤기 때문에, 아마 나의 흰머리도 전체적으로 은발이 되는 것은 먼 미래일 것이다. 이렇게 어중간한 채로, 뚝 하고 인생의 막을 내릴지도 모른다. 사실 부모님처럼 80세까지 살 수 있을지 어떨지 자신이 없다. 외할머니와 할아버지는, 각각 아흔 둘과 여든 여덟 살까지 살았지만, 엄마의 형제 다섯 명 중 세 명은 자신의 부모 나이까지는 가지 못하고 70대에 세상을 떠났다.

평소에는 몇 살까지 살고 싶다는 생각 자체를 하지 않고 잊고 지낸다. 그러다 이따금 '쉰한 살에 식도암에 걸렸다'는 과거를 떠올릴 때마다 아아, 암을 수술하고 나서도 벌써 11년이나 더 살았나, 하는 기분이 든다. 악운이 강한 걸까, 하는 생각도 한다. 몸의 상태가 크게 나빠지면 암이 재발한 걸까, 하고 바로 암과 연관된 생각에 두려워진다.

이렇게 반복하며 11년을 살아왔다. 단순하고, 무신경하고, 질리지 않는 나도 진짜지만 소심하고, 마음 약하고, 끙끙거리며 고민하는 나도 진짜다. 이런 서로 모순되는 점을 하나의 인격에 구성하고 있는 것은 도대체 무엇이란 말인가. 살아가면서 나름대로의 인생관, 사생관, 대인관에 따른 기본적인 태도, 철학, 미의식 등이 인격을 만드는 것일 테지만, 그 이전이라고 할까, 그 안이, 아무래도 이해되지 않는다. 인간 개개인마다 가지고 태어난 성질이라고 하는 것이 있지 않을까. 그렇게 생각하게 되는 것은 내가 키웠던 개들 때문이다.

곧 두 살 생일을 맞는 우리 집 하나는 '고양이과 개'다. 이 결론을, 사실 나는 진심으로 인정하고 있지는 않다. 마지못해 인정하지 않을 수 없다는 기분이다.

내가 태어났을 때부터 집에는 몇 마리의 고양이가 있어서 고양이와 함께 컸다. 하지만 성장과 함께 마음은 개 쪽과 공명해버렸던 내가 인생 만년의 파트너로서 고른 것이 '고양이과 개' 하나라고 하는 것은 얄궂다고나 할까. 지금 와서 고양이와 함께 성장했으면서 개를 좋아한다는 모순을 고양이과 개라는 것으로 통일했다, 라고 하는 기쁜 성과일까. 애매한 기분이지만, 어쨌든 하나는 지금까지 내 옆에 있었던 다섯 마리의 개 중 누구와도 전혀 닮지 않았다. 다섯 마리의 공통점은 몇 개인가 있지만, 하나만은 늘 '예외'인 점이 불거져 나온다.

먹는 것만이 무상의 기쁨으로, 먹지 않을 때에는 거의 대부분 잠을 잔다.

페트병 뚜껑을 이빨과 입의 힘을 총동원해서 예술적 오브제처럼 변형시키는 혼자만의 놀이에 열중하는 시간이 길다. 산책에 관심을 보이지 않는다. 날씨가 좋은 날에는 베란다 유리창 너머를 관찰하고, 하루에 몇 번은 베란다에 내보내달라고 조른다. 그러고는 3분도 되지 않아 다시 돌아온다. 공놀이도, 나와 어울려 할 수 없이 한다는 듯 의욕 없이 하다가 곧 그만둬버리고, 달리기에도 흥미를 보이지 않는다. "자, 하나 짱, 집에서 달리기 하자"라고 운동 부족을 해소하기 위해 내가 실내 러닝(아래층에 울리지 않게 발꿈치를 들고 조심하면서)을 시작해도 아무것도 모른다는 얼굴로 나를 올려다보기만 할뿐. 이런 태도는 고양이들한테서는 자주 볼 수 있지만 개들에게서는 거의 볼 수 없다. 개들은 좀 더 천진난만하고, 좀 더 왁자지껄하고, 떠들썩하며 산책의 '시옷' 자 발음에 민감하게 귀를 세우고 '기뻐욧!'이라고 온몸으로 기쁨을 표현한다. 내가 달리면 당연한 것처럼 함께 달린다.

275

허영과 잘난 척도
못 막는 것

여태까지 키웠던 개들의 천진난만함에 비하면, 하나는 여왕 기질을 타고났다고밖에 할 수 없다. 늘 마이페이스를 지키고 싶어 하며 구속을 정말 싫어한다. 그렇기 때문에 밖으로 산책을 나갈 때도 리드줄로 구속되는 것에 아주 거세게 저항한다. 이것 때문에 산책에 나갈 기분이 들지 않는 것인가, 생각할 정도로 뚜렷한 이유 없이 리드줄을 싫어한다.

하지만 고양이과 개 하나를, 훈련을 통해 변화시키려고 하는 생각은 조금도 없다. 하나를 있는 그대로 받아들이고, 그것에서 재미를 발견하는 것이 보람과 의욕이 있다고 생각하기 때문이다. 다른 다섯 마리의 개들과는 달라서 하나는 거울을 무서워하지 않는다. 거울에 비친 털북숭이 자신의 얼굴을 가만히 쳐다보고, 다음에는 털이 없는 나의 얼굴을 돌아보고, 다시 한 번 거울에 비치는 자신의 모습을 본다. 다른 개들은 여기서, 한탄하고 슬퍼한다(?). '엄마랑 달라. 엄마의 매끈매끈한 털이 없는 얼굴과 나의 얼굴은 달라! 이런 거 싫어, 싫어, 보고 싶지 않아'라고 거울에서 눈을 피하거나 그 장소에서 재빨리 멀어지고 마는 것이다. 하나는 쩔쩔

매는 법이 없다. 가만히 보고 있으면 거울 속에서 슬픔과 닮은 그림자가 슬쩍슬쩍 깜빡이긴 하지만, 이 현실에서 눈을 돌리지 않는다. 정면으로 받아들인다. 하나의 이 강함(어쩌면 둔감함일지도 모르겠지만)과 의연한 태도가, 결국 자식 바보인 나를 더욱 자식 바보로 만들어 나는 무심코 입 밖으로 내뱉고 만다.

"진짜 대단해. 하나 짱, 마치 엘리자베스 1세가 환생해서 개로 태어난 것 같아!"

☐☐☐☐

3월 11일 14시 46분.

나는 집에서 하나와 멍하니 뒹굴거리고 있었다. 갑자기 지진이 와서, 하나가 달려와 나의 다리에 뛰어 올라탔다. 서둘러 텔레비전을 켰다. 그리고 대지진이 일어난 것을 속보로 확인했다.

해안을 따라 난 홋카이도의 마을이 쓰나미로 커다란 어업 피해를 입었고, 특히 양식업은 복구되기까지 몇 년이나 걸릴지 모르는 막대한 피해를 입었다. 내가 사는 삿포로는, 아직까지 커다란 피해가 보고되지는 않은 것 같다. 그러나 그날부터 동북 지역과 관동 지역의 상황이 완전히 변해, 텔레비전이 매일 전하는 소식은 지옥이라고 해도 과언이 아닐 정도였다.

쓰나미가 완전히 덮친 뒤의 마을에서 우는 얼굴을 감추지도 않고 아이들을 찾으러 돌아다니는 40대의 남성, 토사가 덮쳐 집이 붕괴되는 바람에 한 번에 아버지와 20대 초반의 딸 두 명을 잃고 만, "혼자서 어떻게 살아야 하나요"라고 계속해서 울부짖는 여성 등, 더는 처다볼 수 없는 비참한 일들뿐이었다.

나의 증조할아버지는 후쿠시마현(일본 동북 지방에 있는 현)에서, 어머니 쪽은 역시 증조할아버지 대에 니가타(일본 니가타 현의 시나노강 하구에 있는 도시)에서 홋카이도로 이주했다. 아버지 쪽은 마을 전체가 아사히카와시(홋카이도에 있는 시. 일본 최대의 국립공원 다이세쓰산의 관문)의 산속을 개척하기 위해 이주했다고 들은 기억이 있다. 어머니 쪽은, 거의 밤에 도망치듯 갑자기 이주했다. 분명히 뭔가 도망쳐야 할 사정이 있었을 것이다, 돌아가신 삼촌이 그런 식으로 확신을 가지고 나에게 말한 적이 있었다.

동북 지역과 나의 인연은 그 정도지만, 텔레비전에서 보도되는 피해자들의 얼굴, 때로 남성의 나이 든 얼굴이 비칠 때마다 헉 하고 숨을 멈추게 된다. 할아버지와 삼촌, 아버지, 지금은 고인이 된 그분들과 많이 닮은 얼굴이기 때문이다.

그 지방이나 그 땅만의 공통되는 얼굴 윤곽이나 이목구비가 있는 듯 후쿠시마현 사람들의 이목구비, 그 핏줄의 흐름이 내 친척에게도 있다. 그렇게 어쩌면 먼 친척일지도 모르는 사람들이, 텔레비전 화면 속에서 그렇게 비참하고 저주스러운 운명을 조용조용히 말하고 있다. 그렇기 때문에 더욱 참을 수 없이 괴로워서, 너무나도 아파서, 나는 바로 눈을 감고 만다. 그렇다고 내가 뭔가 할 수 있는 일도 없다. 가능한 한 의연금을 많이 보내는 것밖에 할 수가 없다.

16년 전, 한신 아와지 대지진 때 마흔여섯 살이었던 나는 텔레비전 뉴스를 볼 여유도 없었다. 어머니가 쓰러지고, 죽은 리키와 같은 어미에게서 태어난 바키가 열흘간의 입원 생활 중에 죽고, 두 살 위의 친한 지인이 유방암으로 죽고, 그런 일들이 마치 약속한 듯 차례차례로 일어났다. 게다가 소설가로서의 일 약속은 스케줄 표를 가득 메우고 있었다. 당시에 피해를 입은 사람들에게는 미안한 일이지만, 나는 나에게 닥친 상황의 격변을 받아들이는 것에 모든 정신이 팔려서 하루하루를 보냈다. 주변에 눈을 돌릴 힘조차 없었다.

그로부터 16년이 지나 이번에 다시 대지진이 일어났다. 16년 전 경험이 도움이 되는 면도 조금은 있을 것이다. 특히 봉사 활동에 대한 규제라고 할까, 떠들어대거나 시끄럽게 소란을 피우는 데 자제심을 가지게 된 것에 나 같은 사람은 감사하고 만다. 경험에 의한 결과라고.

각 지역 방송에서 지진 직후 인터뷰를 하는데, 40세 전후로 보이는 주부가 "집에 돌아가서 입지 못하게 된 옷을 추려서 보내려고 합니다"라는 말을 하자 스튜디오에 있는 MC가 상당히 화가 난 목소리로 말했다.

> "자기가 안 입는 옷은 다른 사람도 안 입어요. 필요 없는 물건의 처분을 위해 재해를 이용하지 마십시오. 보내는 물품은 어디까지나 사용하지 않은 새것입니다. 한신 아와지 때 충분히 배우지 않았습니까."

텔레비전을 보고 있던 나는, 정말 좋은 말을 해줬다, 라고 박수를 쳐주고 싶은 기분이었다. 자신의 옷을 보낸다고 말한 주부에게 악의는 없었을 것이다. 그렇기 때문에 올바른 지식과 진짜 마음 씀씀이는 무엇인가를 질문하면서, 그 호의를 살리기를 바라는 것이다.

방사능 오염의 문제도 심각하다. 지금부터 일본은 어떻게

허영과 잘난 척도 못 만드는 것

될 것인가. 앞으로 적어도 10년이나 20년은 이런저런 괴로운 일을 겪게 될 것이 틀림없다, 라고 상상하는 순간 아기나 아이들, 20대, 30대 그리고 40대가 받아들여야 할 미래에 나는 말을 잃고 만다.

나처럼 예순두 살까지 살아와서 대강의 인생을 보냈다면 그래도 괜찮지만, 우리들이 경험하지 않았던 이런저런 시련이 젊은 사람들에게 새롭게 주어진 것에 대해, 우리 나이대의 사람은 어떻게 해야 할 것인가. 어떻게 해야 좋을 것인가.

3.4킬로그램의 행복,
이거면 돼

지금 나의 가장 큰 관심은 '저녁 밥으로 무엇을 먹을 것인가'이다.

냉장고 안에 있는 것을 머릿속에 떠올려본다.

지금부터 몇 시간 후에는 신문의 텔레비전란과 WOWOW 방송의 편성표와 NHK 방송가이드 〈스텔라〉 세 가지를 펼쳐놓고, 어떤 프로그램을 볼까, 어떤 것들을 녹화해둘까, 그리고 그 사이 어떤 시간대에 목욕을 할까를 꽤 진지하게 고민하고 있을 것이 틀림없다.

일에서 멀어진 나의 머릿속은 거의 대부분 이런 대단히 일상적이고 분별없는 일로 북적거리고 있다. 늘 눈앞의 일만 생각한다. 그것도 내일, 모레가 아니라 오늘이 중심이다.

20년 가까이 이렇게 생활하고 있다.

같이 살던 어머니가 오른쪽 몸 전체를 쓰지 못하게 되어 슈퍼마켓에 장을 보러 가는 일부터 쓰레기를 버리는 일까지, 집안일을 전혀 하지 못하게 된 것은 내가 마흔다섯 살이 되었을 때였다. 4년 후, 아버지는 다른 여자가 생겨 집을 나갔다. 50년을 부부로 같이 산 어머니에게는 한 푼도 남기지 않고 철저하게 떠났다.

무슨 일이 일어나도 나는 글을 쓰는 일을 그만둘 수가 없었다. 부모도, 자식도 없는 나 자신의 노후가 바로 눈앞에 닥쳐왔기 때문이다.

2년 후인 쉰한 살에 식도암이 발견되어 수술을 했다.

그로부터 11년이 지나, 재발하지 않고 이렇게 지내온 것은 단순히 운이 좋았던 것일까.

11년 동안 아버지도 어머니도 세상을 떠났다. 아버지는 집을 나가고 나서 5년 후에, 어머니는 반신불수가 된 지 12년 후에 돌아가셨다.

오늘 한정의 눈앞의 일밖에 생각하지 않는 버릇은, 이런 나날 속에서 몸에 배었다. 몸이 자유롭지 못한 어머니의 생활에 따라, 1년 앞은 물론 1개월 앞의 계획도 세울 수 없었다. 몸 상태의 급변, 전복이나 골절 사고, 입원을 하면 그 나름대로 무슨 일이 있을 때마다 병원에 불려가야 했다.

1년 전이나 반년 전에 일과 관련해 약속한 것들을 그런 사정으로 갑자기 취소하는 일이 이어지고, 사죄하고 식은땀을 흘리는 날들이 이어진 끝에, 나는 원고 외의 일은 받아들이지 않기로 정했다. 일의 폭을 좁히는 것도, 그렇게 할 수밖에 없었다.

어머니를 보낸 것은 내가 쉰다섯 살 때였다. 나의 이 나이가 마치 핑 하고 등장한 것 같아서 나는 어찌할 바를 몰랐다. 아무래도 나는, 어머니의 간호나 아버지의 그 일이나 내가 암에 걸렸던 지난 12년간을 떠올리는 것이 괴롭고 힘겨워서, 그래서 없었던 것으로 하려고 무의식중에 나이를 먹는 것을 거부하고 있었던 것 같다. 아무래도 그렇게밖에 생각할 수가 없다. 왜냐하면 나의 기분은 마흔다섯을 벗어나지 못해서, 현실과 묘하게 괴리가 생긴 것 같았기 때문이다.

개가 나이 먹는 방식을 본받기로 했다. 개들의 1년은 인간의 시간 4년에 해당한다. 그래서 나도 1년에 네 살씩 더해가기로 노력해보았다. 어떻게 노력했느냐고 물으면, 나의 경우엔 많은 것을 포기했다.

적극적이고 긍정적으로 살아가는 것을 점점 포기하니, 마음의 나이가 45세에서 46, 47, 48…… 하고 전진해나갔다. '포기'라고 하는 파도타기를 하는 것이다. 그 비법은 흘려보낸다, 골똘히 생각하지 않는다, 한 가지 일을 붙잡고 있지 않는다…….

그렇게 하는 동안, 깨닫고 보니 나는 60대로 미끄러져 있었다. 게다가 놀란 것은 60대가 되어보니 젊은 시절과는 다르게, 그저 자연스럽게 눈앞의 오늘 일에만 머리가 움직이게 된 것이다. 포기라고 하는 귀찮은 파도타기를 하지 않아도 벌써 포기하고 있는, 힘이 빠져 있는 내가 있었다.

그런 것이었나.

그렇게 되는 것이었다.

그런 것이었구나.

나이를 먹는 것은 이런 것이었나.

그때부터 나의 기분은 밝아졌다.

하나라고 이름 붙인 개의 체중 3.4킬로그램이, 지금의 내 행복의 총량이다.

저 독신 아니에요,
지금은 강아지랑 살고 있어요.